Re:從零
Re: Life in a different world from zero
開始的異世界生活

連忙看過去，
共乘地龍的昴和雷姆
已經打頭陣往前衝。
「全軍，跟著那兩個笨蛋!!」

然後，咆哮朝著昴他們追過去。

「嗚哦哦哦哦哦——!?」
壓倒性的質量造成的壓力
從背後直逼而來。

「妳一直在笑我吧？」
「──」

「回答我啊，特蕾希雅……不對，
『劍聖』特蕾希雅・范・阿斯特雷亞!!」

Re: Life in a different world from zero

The only ability I got in a different world "Returns by Death"
I die again and again to save her.

CONTENTS

Re:從零開始的異世界生活7

長月達平

青文文庫

封面・內彩、內文插畫●大塚真一郎

第一章　『被分到的手牌』

1

——人生這玩意，只能用被分到的手牌來決勝負。

那有可能是家世、容貌、才能、品德、培育的技術，這些全都是手牌的內容。

而自己欠缺每一項，菜月・昴對此了然於心。

不知道搞錯了什麼，只有雷姆全面肯定昴，但自己離她所肯定的理想菜月・昴天差地遠，這點也十分明瞭。

與理想的菜月・昴相比，身在此地的昴手中的牌不但數量少，連品質都很劣等——

但是，只要站在一決勝負的場合，任誰都不會理睬這種哭訴。

不管是誰，都只能用被發到的手牌來決一勝負。

再來就是看出牌方式、時機、出其不意的唬人法而已。

「——白鯨。」

昴擲出持有的手牌中，能夠發揮最大效果的牌。

他所宣示的內容，使得與會的人們面色紛紛一變。
——地點在王都貴族街，卡爾斯騰公爵別墅的會客室。
會談的參與者除了昴以外共有五人——宅邸主人庫珥修・卡爾斯騰，她的侍從菲莉絲和威爾海姆。再來是擔任昴的顧問、王都首屈一指的實業家拉賽爾・費羅。
還有——
「————」
抓著鼓起勇氣的昴的衣袖，給予無限力量的雷姆。
湊齊這六人的會談，一開頭就迅速迎向最大佳境。
會談的目的與焦點，在於促使愛蜜莉雅陣營與庫珥修陣營以對等立場同盟。為了對抗魔女教的威脅而需要其他陣營協助的愛蜜莉雅陣營，以及對此慎重應對、貫徹被動等待姿態的庫珥修陣營。——瓦解這均衡的王牌，就在前面說的「白鯨」兩個字。
庫珥修興致盎然地瞇起眼睛，菲莉絲以灌注憂慮的眼神看著主人。商人拉賽爾眉心擠出皺紋，威爾海姆則是——
「——!?」
一瞬間，沉重濃厚的劍氣席捲室內，昴忍不住屏住呼吸。
在彷彿被劍尖攪拌內臟的不適感中抬起頭，昴看向劍氣的源頭——深深吐一口氣，輕輕搖頭的白髮老人。

「……萬分失禮。我太不成熟了。」

閉著一隻眼睛的威爾海姆，表情一絲不變，向大家謝罪。

用劍氣撫摸整個房間乃至角落的老劍士，觸碰腰上的配劍表達丟臉。

「打斷對話，實屬抱歉。若您下令離席，在下會照做。」

「不，你留下。我想聽你的意見。」

庫珥修主動制止威爾海姆離席，接著對昴投以「不介意吧？」的目光，昴也點頭回以相同意見。

「所以？出現了白鯨這種有點唐突的單字。你所說的白鯨，可以想做是三大魔獸之一的『霧之魔獸』吧？」

「是的。正是散播霧氣的同時在空中游動的怪物——那個白鯨。我知道牠接下來出現的場所與時間，並且想拿這情報作為同盟的交易素材。」

會上鉤嗎？昂繃緊神經觀察庫珥修的反應。

她手撫下顎，做出深思的舉動。而在她下達判斷之前……

「抱歉，可以問一些問題嗎？」

拉賽爾舉手徵求發問許可。

「可以，有什麼問題儘管問。」

「那麼，首先第一件必須確認的事……能夠事前得知白鯨會出現，菜月殿下是否有正確掌握此情報的價值？」

「……能夠減少被白鯨所害的人數。旅行商人和運貨龍車也都能夠重擬行程計畫吧，還有就是被害情況上可以大幅改善。」

「是的，正是如此。——但是，這樣只有五十分。」

聽了昴有點氣虛的答案，拉賽爾給了相當辛辣的分數。

「您可知道因為『霧之魔獸』，至今流了多少血嗎？那些運氣差被白鯨的霧吞噬後就音訊全無的商隊！為了討伐白鯨而成軍，卻壯志未酬敗退的王國騎士團！直到幾十年前，白鯨出現在村莊或城鎮附近，連同居民一併吞噬卻無人知曉事實的狀況一點都不罕見。白鯨可不單單只是體型大的魔獸而已。」

訴說白鯨威脅的拉賽爾，話語中的熱烈過了頭。昴知道，那是想和人分享負面情感、消極的克制心的表露。

當面臨強大過頭的「敵人」時，人類會藉由稱讚褒揚「敵人」的強大，好守護自己脆弱的心靈。

「面對那種魔獸，最要緊的就是不要碰上。眾多商人旅人最畏懼的就是前方籠罩白霧。白鯨是災厄的象徵，霧是凶兆的化身。假如可以預測其出現，那情報的意義和價值可是超越萬金！可是……」

握緊拳頭，強調到這裡的拉賽爾突然用冰冷的目光俯視昴。

「其價值，奠基在情報的可信度上。菜月殿下究竟要如何證明呢？辦不到的話，情報不過就是空口白話。」

「我想說的大致跟拉賽爾・費羅相同。現在是讓我們聽聞你發言的根據的時候。」

淺淺一笑的庫珥修也跟著質問情報的根據來源。

情報的真偽——這個質問，讓昴感到冷汗流過背部。

但是，表情沒有表露不安。昴不但繼續露出大無畏的笑容，還拼命地憋住軟弱，並朝坐上談判桌的他們揭示下一張牌。

為求謹慎，之前就模擬過數次，就跟準備好的一樣。

「我之所以能夠事先得知白鯨會出現，是因為這玩意！」

說完，從懷中掏出那玩意後用力放在桌上。

桌上放著昴的「根據」——目擊到的所有人表情都微微一僵，接著露出困惑神色。

「菜月・昴。」

「嗯。」

面對平靜呼喚自己的庫珥修，昴不露畏色挺起胸膛。

沒有提及昴目中無人到這種地步的態度，庫珥修指著放在桌上正中央的「根據」，說：

「那個到底是什麼？」

白色的金屬機身閃耀著鮮明光輝的超水準科技。

——目光盯著手機，同時朝昴投以疑問。

2

昴能夠得知白鯨出現的正確時間，完全是多個偶然重疊在一起，可說是命運的惡作劇。

那決定性的瞬間，出現在第三次的輪迴——直接遇到白鯨的起霧夜晚。

在昏暗的龍車駕駛台上，昴為了要看地圖，於是從手邊行李拿出手機開機，充作光源。

「那個時候，在那之前。」

昴一開始會目擊到白鯨，是因為要確認跑在旁邊的龍車真的消失了嗎，所以用手機的光芒照向黑暗凝神細看的時候。

——在黑暗中，和巨大眼睛對上視線的衝擊，至今也難以忘記。

緊接著，魔獸的咆哮和第一擊便將昴和雷姆搭乘的龍車灰飛煙滅。但是被雷姆抓住後衣領飛在空中時，世界就像慢動作播放一樣烙印在眼中。

在那連續拍攝的世界影像中，昴清楚地看見了。

在衝擊的瞬間鬆手而旋轉飛走的手機——朝向自己的發光螢幕上顯示著「十五點十三分」。

在被召喚到異世界時，手機的時鐘機能便失去意義。但是，假若要作為通往確定會發生的未來的指標，那準確度可是超越這個世界的任何道具。

而且最重要的是，手機有其他道具無可取代的職責。

「沒人知道這玩意是啥也難怪啦。這個是在我的出生地出土，所謂的魔法道具『流星』。這就是我的發言根據。」

——出處不明的手機本身，成了談判的有用武器。

「……我可以摸摸看嗎？」

吞一口口水，第一個朝手機伸出手的人是拉賽爾。昴點頭給予許可後，他小心翼翼地拿起手機，確認觸感。

「摸起來的感覺很不可思議呢。明明像金屬，卻又有溫度……。表面很光滑，又好像很柔軟……這邊是開啟嗎？」

打開折疊式的日式手機，螢幕發出的亮光讓拉賽爾吃驚。

螢幕上顯示的待機畫面，早在會談開始前就切換成正統的時鐘面板。就算稍微多摸幾下，出來的也只有筆數很少的電話簿吧。

「會發光，還會改變圖案……不對，可是無法判別內容。沒看過的文字，不對……這是畫嗎？」

螢幕顯示的是時鐘的秒針正在動的畫面。但是，對時鐘的概念大相逕庭的異世界人類而言，根本無法理解這個時鐘面板的意義。對於標示時間的數字也一樣，阿拉伯數字在他們眼裡看起來就跟小孩的塗鴉沒兩樣吧。

能夠理解他們的心情。因為昴每天都有同樣的感慨。

「上頭有特殊的文字，我想沒人看得懂吧？」

「可是，你可以運用自如……沒錯吧？」

「也不是所有的機能都會用啦。」

聽到庫珥修的提問，昴小心翼翼地慎選字詞。

要讓這場交涉成立有幾個條件，而當中尤有最重要的一個。

絕不能讓對自身眼力有絕對自信的庫珥修——看穿這個「謊言」。

這是不可踩到的地雷。為了避免，昴必須投注全副精神。

「亦即，你的意思是——這個『流星』的功能就像提醒白鯨接近的警報石。」

「警報石我是沒聽過，不過我想是類似的。」

從名字來看，可能是一種跟警報器類似的魔石工藝品吧。

「白鯨接近時會通知的『流星』嗎。鑑別者怎麼說？」

「老實說，我投降。『流星』的個體差異甚大，幾乎沒有同一樣式出土的情況。發現複製方法的對話鏡是例外，但連要量產都不合成本。至少，這一種『流星』的存在我是第一次聽說。」

不存在於自己知識中的道具，使得拉賽爾避免說出明確的答案。就現狀來說，拉賽爾的立場是善意的第三者，不會偏袒昴或是庫珥修。

而支持昴或庫珥修哪一方能給自己帶來利益，讓鑑定中的拉賽爾目光自動變得嚴厲。

「這樣一來，就找不到確認情報真偽的手段。但要這樣完全接受你的主張又很困難。那麼，你要如何是好？」

「確實是讓人困擾的情況呢。要是至少有什麼證明的手段就好了。」

聽到庫珥修的話，昴攤開雙手做出像是投降的舉動。

「嗯。要不實際去接近魔獸看看會不會響？還是說有想到什麼方式可以證明那個『流星』是對魔獸起反應的道具？」

「我要糾正一點。」

像是為了報復，昴故意豎起食指朝庫珥修搖擺。

「這個『流星』並非對魔獸本身起反應。如果是，世界到處都有魔獸棲息，它不就會沒節操地響個不停。要有反應，要是重大場面時。」

「──該不會，是僅對持有者面臨魔獸威脅時才會起反應？」

聽到昴的指正，庫珥修如此推測。本想對這太過便利的機能一笑置之。

可是，卻有人對庫珥修說的話搶先有反應。

「──啊。」

輕輕發出接近理解之聲的，是站在昴旁邊的雷姆。

然後為自己在談判時打岔一事感到羞恥而低下頭。

「叫人很在意的反應呢，雷姆。對剛剛說的話心裡有底嗎？」

庫珥修追問，雷姆視線立刻掃向昴的側臉。

昴朝著浮現擔憂和歉意的淺藍色瞳孔微笑，讓她安心。

「沒事的。有什麼想說的就說吧。」

「——是。既然昴這麼說的話。」

抬起頭，雷姆邊面向庫珥修，邊指向桌上的手機。

「詳情不能透露，但前些日子梅札斯領地內發生魔獸騷動。當時，最早採取行動的人是昴。明明剛來沒多久，卻比領主羅茲瓦爾大人還先掌握事態，所以雷姆一直覺得很不可思議……」

「意思是靠這個『流星』察覺到騷動的前兆？」

「要是毫無根據就能察覺，問題就在太過湊巧這方面了。」

雷姆畏畏縮縮地歪頭看向昴。

她原本就對昴是如何察覺到沃爾加姆引起的事件感到疑惑吧。而這疑問，剛剛被這個「流星」給抵銷了。

「————」

另一方面，聽到這答案的庫珥修視線貫向雷姆。從雙眸滑進內側的視線，深沉銳利得簡直像要看穿對方的心。

以時間來說才幾秒——但卻像是奪去體力的時間。

「——沒有說謊呢。」

庫珥修對雷姆的發言顯示一定程度的理解和信賴。

聽到這判斷，為了不讓安心出現在表情上，昴可是煞費苦心，同時在心中握拳擺出勝利姿勢。

關於「流星」的這個機能，昴都是在誇張地吹牛皮。

也就是說，全都是故弄玄虛。

要是被知道的話談判就一定會破裂，就算因為無禮至極而被千刀萬剮也不奇怪。

可是，昴透過耍嘴皮子和誘導話題來瞞混過這個狀況。

面對庫珥修的提問，昴一次都沒說過謊。

手機並非對魔獸起反應就會出聲通知的道具，不過連電子郵件功能都鮮少使用的昴根本就沒有充分發揮手機的功能。

最大的難題在於「來自第三者的肯定」，而這點就利用了雷姆無意識所產生的反應。

就算這是與「真相」相異的說法，但沒有欺瞞意圖的發言，稱不上是說謊。

「是說，這樣講簡直像是妳知道對方有沒有在說謊呢。」

「我對此引以自豪。不過就如你所言，說好聽是觀察力，但其實是我本身蒙受『風見加持』的恩惠。」

「……什麼？」

根據之前的慘痛經驗，原本以為揶揄到對方的昴得到了出乎意料的回答。

在以前的輪迴中，庫珥修所說的「看穿謊言的能力」，昴一直以為是她的觀察力過人。

「所謂的風見就是看見風，也就是能夠以肉眼看不見的東西作為判斷依據。我的眼睛可以自動看見包圍對方的『風』。說謊的人底下當然會吹起與行為相符的風。——而雷姆沒有。」

「嘿、嘿～是這樣啊～。我都不知道呢～不知道耶——」

「在吹動搖的風喔，菜月．昴。話說回來，在談判場合不知道我的『風見加持』就太不公平了。」

在談判佳境表明能力的庫珥修，這份壞心眼讓昴的笑容抽搐。

可以看穿對手話語真偽的加持，在談判場合根本是犯規技。

在上一輪切割昴的諸多話語，其鋒利度之銳利是有其道理。

「雷姆的話中沒有虛偽的顏色。至少，你擁有事前察覺到魔獸威脅的手段，這一事可以成為根據吧。」

只不過，這一次庫珥修對加持的自信成了雙面刃。

昴走鋼索的心境，正好到了讓人切肉斷骨的時候。

「那，關於這個『流星』，你們相信了嗎？」

「言之過早。即使知道沒有暗中勾結，但偏袒自己人這點依舊沒變。這是左右王選，或者說是左右王國未來的判斷，所以不能輕率。」

要是能在這邊說服她就好了。但昴的如意算盤當然沒打成。

因為「流星」而掌握的白鯨出現情報，好像得到了最低限度的信任，但也只到不能一笑置之、需全面研討的程度而已。

要抬升信賴、將會談導向成功——

「——那個『流星』的話題，倫家也可以加入嗎？」

突然介入的聲音，讓會客室的人都微吃一驚。

聲音的主人踏進房內，在驚訝的視線中嫣然微笑。

「叫倫家來的本人最驚訝，太奇怪了唄，菜月。」

朝著圓睜雙目的昴這麼說後，微笑的少女用手指梳理自己的波浪捲髮。

及腰的淺紫色頭髮如絨毛般柔軟，溫文爾雅的容顏自然給予他人安適感。但是，微笑的少女目光謹慎地看穿了一行人，將絕不能輕視的氣氛傳達給了解她的人。

「——安娜塔西亞・合辛。」

知道是她後，閉上一隻眼睛的庫珥修喚出她的名字。

「多謝。」承受呼喚的安娜塔西亞瀟灑地回應。

「雖說突然被叫出來有點手忙腳亂，但略過倫家進展話題太狡猾了唄。這麼有意思的賺錢話題……偶也可以加入吧？」

做出央求之舉的安娜塔西亞，其實內心跟說的話相反，是愉悅無比。看到她登場，昴忍不住偷看她背後。

「由里烏斯不在，放你一百二十個心咧。」

「——唔。」

結果，昴的內心被賊笑的安娜塔西亞給看透。

「目前，由里烏斯在近衛騎士團團長的命令下閉門反省。沒有經過倫家的允許，就對別人家的小孩下手，所以正在接受處罰。真是傷腦筋的騎士大人咧。」

「反省……」

聽她這麼一說，才想起那天晚上也聽萊因哈魯特提起過。

因為和昴私鬥，由里烏斯被罰閉門反省。似乎這就是他這次沒和安娜塔西亞同行，缺席此次會談的原因。

「這樣啊，那真是……嗯，不走運呢。」

不用看到那張臉而安心，昴對這樣的自己感到丟臉。可是再會時要說什麼，這個答案如今也還沒出現。

「妳說是被叫來，叫妳的人是菜月・昴嗎？」

撇開昴的感傷，庫珥修對安娜塔西亞搭話。安娜塔西亞朝座位坐下後，撫摸著圍在頸間的狐狸圍巾毛皮。

「正確來說，是被站在那邊的女孩子叫來的。原本是要叫她吃閉門羹滴……但她說是與『白鯨』相關的大事，就不能等閒視之咧。」

安娜塔西亞咯咯地笑，而聽到答案的庫珥修看向昴。

兩名王選候補者聚在一起，昴為狀況的大幅變化握拳。

——接下來，好戲要上場了！

必要的人員齊聚一堂，昴的談判接下來終於要正式開始。

但是——

「失禮了，可以問一件事嗎，菜月殿下。」

當然，商敵被招進會談中，對拉賽爾而言可不有趣。

「請說，拉賽爾先生。」

「我想請教菜月殿下請安娜塔西亞大人至現場的用意。既是王選候補者，又是在王都的商業工會擁有發言權的合辛商會會長參與會談的話，在場的我立場就不明確了。——我在想不會是……？」

「我等著看哪邊對我比較有利，你是在懷疑這個吧？」

昴一這樣回應拉賽爾的顧慮，會客室的氣氛頓時就變得緊繃。

被輕視的拉賽爾不用說，庫珥修的臉色也佈滿嚴厲。

「亦即你的意思是？安娜塔西亞・合辛與我，誰會高價買下『白鯨』的情報，你就根據這點來選擇同盟對象嗎？」

「————」

「果真如此，那是太過膚淺的選擇，菜月・昴。」

用霸氣拍擊沉默不語的昴，站起來的庫珥修俯視安娜塔西亞。面對銳利的視線，安娜塔西亞反而更顯開心，歪著頭說：

「唉喲唉喲～庫珥修小姐。被妳那種眼神看倫家會怕的。……站在上面的人怕被人從底下追上超越，就是這種表情喲？」

「糟糕的興趣。對原本就以自身欲望為正道的妳來說，是理所當然的判斷吧。——但是，我的生存方式也絕不會有所動搖。」

認真接受安娜塔西亞挑釁的庫珥修，重新面向昴。

「如你所聞，菜月・昴。若你期待卡爾斯騰家和合辛商會之間發生情報爭奪戰的話，只能說我看錯人了。我並不打算照著你的……」

「等一下等一下，言之過早了！兩位都冷靜一下。」

昴連忙制止準備直接將會談打斷的庫珥修。

「言之過早……那麼，菜月殿下不是要拿兩名候補者估價的意思？」

「當然的吧？讓某人在自己掌中起舞，我對自己的手掌尺寸可沒這麼有自信。如來佛祖的手掌還沒話說。但我的手掌就……」

揮揮自己的手，昴握住站在身旁的雷姆的手。傳過來的體溫給予了勇氣，手指的微微顫抖收斂下來。

「吶，就像這樣，光是要握住一個人的手就要竭盡全力了。」

「啊～行咧行咧，倫家大飽耳福了。所以，接下來是要講啥咧？」

「那我得說不成敬意了，總之呢……」

差點鬆開手，是因為雷姆的強烈抵抗。不過昴繼續和她牽著手，用空著的手拍桌面。

「出了白鯨這張牌，請來代表王都的兩名商人，還像這樣準備了規模宏大的盛狀……是因為我有個必須先達成這些條件才能說出的提議。」

彈響觸碰桌面的手指，昴朝著庫珥修獰獰一笑。

堅決、好勝、弱點和舉棋不定的部分，全都堂堂正正地用這笑容隱藏住。

「願意聽我說嗎？」

「貿然打斷你的發言的人是我。我有聽取的義務。儘管說。」

庫珥修讓人錯以為起風的威壓增強了力道。再加上還沐浴在來自安娜塔西亞的壓力，即使是現在昴也差點屈服。

要是一個人的話，現在一定是插科打諢就逃跑。

「────」

用力握緊手掌，感受掌中的溫暖感觸。

不是被呼喚名字，也不是被投以重若千金的話語。
只是這樣就能純粹傳達心情。這點讓人開心。
光靠這個，就算是魔女，自己一定也能全力應戰。
「———」
閉上眼睛，停止呼吸，強烈感受思考和氧氣在大腦巡繞。
——他們應該會上這艘船。
思考後，反覆深思。回想好幾次從第一輪到第三輪的世界，連接拾起收集的情報，在空白的畫紙上描繪出預想圖。
不確定。因為沒聽誰親口說過。可是，在這場談判中也是散佈著拼圖碎片，模糊不清的圖畫暗示著其中一個可能。
那是自己想得太美的幻想，還是死了三次才抓住的奇蹟呢？
——勝負就看現在。
「庫珥修小姐。」
「———」
「關於妳所計畫的討伐『白鯨』，我的情報絕對能派上用場。」
昴所持有的未來情報，以及庫珥修所懷抱的目的。
彼此都視「白鯨」為應消滅之敵，這就是昴判斷她——庫珥修・卡爾斯騰適合擔任同盟對象的根據。

3

接著，充斥空間的沉默給予每名與會者思考時間。

給庫珥修、安娜塔西亞、菲莉絲、威爾海姆，還有拉賽爾。

他們各自接受昴方才的發言，閉眼探究其內容。

以時間來算是幾秒鐘的沉默，卻化做猛烈的壓力綁住昴。

——牌面已掀，牌組已出。

接下來的流程將和方才不一樣，完全沒法模擬發展。無法想像對手的反應，只能靠現場動向來臨機應變。

「我想問一件事，菜月・昴。」

打破沉默，說出第一句話的人果然是庫珥修。

原本環胸的手放下，只豎起一根手指比向昴。

「你那突發奇想哪來的？從何判斷卡爾斯騰家在計畫這種事？方才的發言可不是隨便出口就能算了。」

沒有抑揚頓挫的聲音裡頭看不出動搖和困惑，也沒有傳達出感情。

被為政者的威嚴壓倒，昴邊游移視線邊倒抽一口氣。

「雷姆。」

「是。」

「請盡力拍我的背。」

「是。」

說完馬上想到：「啊，說盡力就太過頭了。」可惜已經太遲。

猛烈的衝擊和乾巴巴的聲音炸裂開來，昴產生一種錯覺：穿過背部的威力該不會把內臟從腹部打出來了吧。

在背部的中心，有個小手掌的形狀在發熱。因為痛楚和熱度而繃緊神經，昴朝著看著方才互動心想怎麼回事的所有人垂下頭。

「抱歉讓各位看到難看的一面。剛剛只是稍微注入些活力。」

「糾正臨戰之際躊躇不前的自己，是任誰都會有的經歷。我也是，在挑戰新事物時，會採取以前別人教我在手掌上寫下『敵』然後吞下去，代表吞下挑戰的方法……」

「庫珥修大人，庫珥修大人。那是很久以前菲莉醬隨便教您的咒語，沒想到您還記得呀？」

菲莉絲小聲坦白過去的惡作劇，庫珥修愣住，瞪大眼睛。

「什麼……那是謊言嗎？」

「只是沒有出處典故，假如具有掃除庫珥修大人心中迷惘的力量的話，就不算謊言了喵。菲

莉醬能幫上庫珥修大人的忙，很開心喵。」

「這樣啊。是為我著想嗎。既然如此可以原諒。」

輕易就上當的庫珥修，先前說自己有加持在身的事急速變得可疑。恐怕是菲莉絲憑著長年來往而熟知避開加持檢驗的路吧。

「話說回來，剛剛的談判根本是低次元的對話……」

「有咧有咧。倫家也有在重要貿易談判前的咒語喲。把金銀銅幣裝進袋子拿到耳邊搖晃，聽到聲音就會產生勇氣……幹嘛咩，那種臉。」

「只節錄這一段的話，實在不覺得是兩個以國家為頂點交鋒的候選人的對話。」

想成大事就不要拘泥小事，所以昴對她們的發言睜一隻眼閉一隻眼。

看到這反應，安娜塔西亞嘟起嘴唇，然後長長吐一口氣。

「唉，算咧。歇息就到這邊，剛剛的話題，可以接下去了咩？」

「嗯……抱歉讓妳們擔心了。」

閒扯瞎聊爭取時間——庫珥修和菲莉絲這對主僕是老樣子，不過蒙受安娜塔西亞的好意，昴邊整理思緒邊讓說明成形。

「雖然只在這間豪宅住了幾天，但有幾個叫人在意的地方。首先，是出入宅邸的人和物的數量。人和貨物的進出量多到很誇張。」

「那是因為我參加王選之事公諸於世。這點你也知道吧。」

「白天的訪客還能理解。可是，深夜又要怎麼說？都已經換穿睡衣，代表之後就要入睡……這段期間的人物進出，還能說是為了會談嗎？」

在第一輪的世界，受庫珥修之邀而陪她小酌的晚上。

睡前換上睡衣的庫珥修十分女性化，昴還記得目光擺放的位置以及話題都讓自己困擾。但是，記得的還不只這些。

和飲酒的庫珥修一同俯視的庭園，上頭有許多人來來去去。

「依庫珥修小姐的性格來看，不可能在喝酒後還接待客人。既然如此，庫珥修小姐微醺後出入宅邸的那些人是？都是以會談以外的目的而來的吧。」

「────」

昴所陳列的推論，這次庫珥修難得沒有插嘴。

暫時掌握會話主導權的昴拍手道：

「接著，其他令人在意的地方，就是王都最近的鐵器行情。我認識的商人說這陣子鐵製品的價格可說是水漲船高。也就是武器和防具這類東西。」

這是在每一輪的世界裡都有得知的情報斷片。

「有人正在收集之前一文不值的兵器甲冑。從熟識的店家還有旅行商人那聽說，這些東西都流進庫珥修小姐那兒。」

該不會是在準備開戰吧。不知哪個同行的旅行商人曾笑著這麼說。

「都到了影響市場的地步，收集的量似乎意外的龐大呀。怎麼突然，還是在自己的領地外收集武器。會猜想背後有什麼目的，是人之常情吧。」

「光這樣就要把卡爾斯騰家與『白鯨』連結也跳太遠。連白鯨的『白』字都沒出現呢。卡爾斯騰家在收集武器是事實，但這件事跟討伐白鯨沾不上邊吧？說不定我只是單純集結戰力，無視王選直接憑武力佔據王城呀。」

「妳沒理由做出這種暴舉，另外我好歹知道妳不是這種人。」

誠實，高潔。彷彿將這些單字具體化的庫珥修本人，她的人品值得信賴。

「不過話說回來，我有點被嚇到了。」

不可能了解昴的內心的庫珥修，如她所言吐出感嘆。環抱雙手的她歪過頭，由上往下打量昴。

「以為你白天都到王都逛，一定是為了掩飾無所事事才有的消遣之舉……看樣子是我有眼無珠。」

「嗯嗯！啊啊，對呀。我跟貪玩之輩可是不一樣的喲。」

佩服自己的庫珥修，刺激到昴的罪惡感。

其實，庫珥修的判斷非常正確。她之前所見的昴的人性，毫無疑問已經腐化。現在只是在亡羊補牢，還有用嘴皮子混過去罷了。

「總而言之，知道妳在收集武器時，一開始我想到的是準備開戰。問題在要和什麼開戰……

這時，某個商人說溜了嘴。」

「某個商人啊。」

「保險起見我先聲明，不是我喲。還請不要誤會。」

看到庫珥修瞥向自己，拉賽爾搶先否定疑慮。從他的答案看不出謊言的成分，庫珥修雖然不滿意，但還是接受了。

不愧是庫珥修，直覺敏銳無比。——但是，她的疑慮雖然是對的，但也是錯的。

對昴說溜嘴的商人，如庫珥修的懷疑，正是拉賽爾本人。只不過不是這邊的拉賽爾，而是前一輪迴的拉賽爾。

『要是庫珥修大人這次的目標達成的話，對我等來說是可喜可賀。』

與庫珥修的會談決裂，離去之際，拉賽爾留下這番話。

那話中的含意，在昴的心中一直留下一個疙瘩。

做出預料庫珥修會繼任王位的發言，可是會談卻決裂，讓人納悶不已。既然如此，其他能讓庫珥修和拉賽爾利害一致的事就是——

「庫珥修小姐在世俗輿論中幾乎是一馬當先，可是商人對妳的接受度卻不如一般人那麼高呢。」

「這我不否認。羊毛出在羊身上是最貼切的道理。在我的領地，商業買賣被課以重稅是眾所皆知。當然，這方面的稅收我是用在維護治安上……但這份恩惠卻難以傳達給旁人。」

「其實，和在庫珥修小姐的領地蒙受恩惠的人不同，難以感受到恩惠的人們只能靠表面情報來判斷妳的為人。」

庫珥修身為執政者，將自己的領地治理得繁榮是事實。

但是，那些無從親身確認其才幹的人們，僅能靠表面甚至傳聞這些情報來決定她的評價。

就像愛蜜莉雅只因為身為半妖精這個事實而被疏遠一樣。

庫珥修也被只看到她激烈的生存方式帶來的壞處的人給疏遠。

「因此我就這麼想：庫珥修小姐應該很討厭這種只憑表面就判斷一個人的人，但因為王選卻必須拉攏這些人。所以說，要讓那些人對自己的評價好轉的話，該怎麼做好咧……」

「既然是看表面來判斷好壞……那只要用好事來塗改表面就行咧。」

接過昴的話，安娜塔西亞講述結論。

「唉呀，不過太剛好了唄。事情沒那麼簡單，而且推測錯誤的可能性很高。所——以——說，也太把事情曲解成對自己有利咧？」

「這我不否定。庫珥修小姐收集武器，和要幹什麼大事好拉攏商人站在自己這邊，兩者毫無疑問有關連。不過，要跟白鯨連結在一起，怎麼說也太牽強。知道近期白鯨會出現的我，或許只是把這些情報硬湊在一起罷了。但是。」

話鋒一轉，昴筆直凝視庫珥修。

她的表情沒有透露任何感情，無法看穿她的內心。可是，也沒吐出否定的話。

既然如此，就值得挑戰。

「容我重新說一遍。若是與愛蜜莉雅陣營同盟，我方將會交出艾利歐爾大森林的魔礦石部分開採權，以及白鯨出現的時間和地點情報。亦即，消滅長久以來威脅世界的魔獸的──榮譽！」

「──────」

「若我的推測有偏差失誤，還請儘管糾正。如果我搞錯了，就算只交易白鯨的情報也沒關係。」

就算只擁有那情報，在場的兩名商人也能將之與利益勾結，屆時被告知情報的商人們對庫珥修的評價也將水漲船高。白鯨的情報就是有這樣的價值。

「不過，如果妳的目標和我的期望吻合的話──」

舉起右手朝前方伸出，昴向庫珥修請求。

握住這隻手，證明昴看見的未來的價值，除去中間那道牆壁。

「就去消滅白鯨吧。──把牠幹掉。」

消滅掉那異形，如惡夢般強大的魔獸。

除掉旅行商人視為災厄的象徵，以及對昴來說是連結到討厭記憶的惡意。

昴正式向庫珥修提議，討伐霧之魔獸。

「容我問個問題。」

俯瞰昴伸出的手，庫珥修朝著他立起一根手指。

昴直覺，這個問題是庫珥修準備的最後關卡。

「你──知道白鯨出現的時間和地點，這是真的嗎？」

「──嗯，千真萬確。」

屏息後果斷地說出口，昴朝庫珥修的問話給出答案。

最後的問題，毫無疑問是要──讓昴沒法撒謊。

「白鯨出現的時間和地點我可以掛保證。甚至賭上性命也沒關係。」

如字面所示，那是不斷支付自己和他人的性命而得到的情報。

其確實性貨真價實到無處可懷疑，這裡也不是展露自卑感的場面。

「……雖然還有幾個疑問，不過能看穿我的想法實在厲害。」

輕吐一口氣，庫珥修閉上眼睛，像是下定決心，然後這麼回答。

她的答案，一開始昴抓不住是什麼意思。但是那句話慢慢透進大腦成形後，意義就變得明快。

「那麼……」

「我有疑問，也有疑心。納悶的點也很多，難以立刻點頭。但是──」

庫珥修降下五指靠攏的手，直接蓋在昴的手上。伸出的手，和庫珥修的白細手指牢牢重疊在一起。

「我決定相信營造出這個狀況的你的氣魄，以及我這雙眼睛。」

——談判成功！

看到兩人握手的那一幕，有一人誇張地垂下肩膀——是拉賽爾。他大聲嘆氣然後搖頭。

「唉呀呀呀，好幾次都讓我冒冷汗呢，能夠平安無事締結同盟真是萬幸。菜月殿下，會談之前的約定就麻煩了。」

「哦，都是下下籤真抱歉啊。謝謝你的幫助，拉賽爾先生。就如先前我們約好的，等討伐白鯨結束後，手機就讓給你。」

面對露出壞人臉笑容的拉賽爾，昴也以邪惡的笑容回應。察覺到他們的互動後，庫珥修一臉愕然，然後嘆氣。

「果然你們有串通好啊。」

「叫他來這裡的可是我喔？還有請他幫我一點忙。」

「還請別往壞的方向想。其實就我們而言是不打算做出選邊站的行為。因此才徹底旁觀直到看見同盟成立。」

面對冷靜回答的昴和拉賽爾，庫珥修默默聳肩。

昴和拉賽爾搭上線，緊接在與雷姆交換完情報後。與第三輪的世界一樣，抓住與庫珥修的對談決裂後的拉賽爾，提議此次會談的內容以及協助，並以出讓手機為條件換取他的幫忙。

關於手機的機能，打從一開始就是在欺騙拉賽爾，不過這是可以得到超科技的電器產品的機會，希望他能理解。

「那麼，這樣一來還有的疑問就是妳的立場。」

看完昴與拉賽爾的勾結後，庫珥修這次看向安娜塔西亞。承受懷疑的視線，安娜塔西亞歪頭道：

「啥事？好像不太能接受的樣子，怎麼咧？」

「菜月・昴與拉賽爾・費羅之間的利害關係我能理解。但是，這樣一來妳的立場就變得不鮮明了。你到底是為了什麼而找她來這裡？」

「哎呀，其中一個理由就是多一份說服力咩。」

抱住圍巾的安娜塔西亞嘟起可愛的嘴唇。

「嗯～王選候補者兩名，以及王都首屈一指的商人一名。在同盟的談判場合聚集了這麼多的有力人士，說出口的話……不可能只講到當下。所以說，倫家光是在這裡，就能搭菜月話中的重量和力量的便車咧？」

「還、還好啦，這方面的目的可以說有，也可以說沒有啦。」

用含糊的應答來避免明確發言，同時內心因為心事被說中而狂冒冷汗。

其實，找安娜塔西亞來的原委確實包含了這方面的理由。

並不是怕庫珥修會有不謹慎的發言。讓庫珥修認為昴應該不是無憑無據隨便說說，才是目的所在。

正因為聚集了這麼多關係人士，所以讓人覺得說的話是有根據和可信度的。

而這能發揮效果到什麼地步，端看庫珥修和安娜塔西亞的直覺敏銳度，但是又害怕確認所以不敢問。

「妳剛說其中一個，那還有別的理由囉。是什麼？」

「那更簡單咧。——因為倫家是商人。」

手掩著嘴巴笑，安娜塔西亞踩著輕快腳步走向前。

然後把自己的雙手輕輕蓋在現在還握著手的昴和庫珥修手上。

「討伐白鯨，讓倫家很期待喲。對偶等商人來說，白鯨的存在關係到死活，要是能消滅掉可是幫了大忙。準備跟雜務方面，就順便關照一下合辛商會，這樣說不為過唄？」

「請等一下。關於交易，應該是王都的商業工會為優先。安娜塔西亞大人也是，如果要介入的話，請您先搞清楚這點。」

打斷裸露商人魂的安娜塔西亞，這麼抗議的人是拉賽爾。

在兩名商人火花四射的視線中，聽到他們發言的庫珥修像是想到什麼而看向昴。

「慢著。按照你們的話，聽起來準備時間相當有限？」

「倫家也沒聽到關鍵喲。只是～照著對話的走向來看是有這種感覺。講真滴，時間很緊迫咧？」

被庫珥修和安娜塔西亞兩人盯著看，昴舔濕乾掉的嘴唇。

都締結同盟了，已經沒必要繼續隱藏情報。

「——嗯，沒錯。根據『流星』，白鯨出現的時間是從現在算起約三十個鐘頭後。地點在……富魯蓋爾大樹的周邊。」
「三十個鐘頭……！」
「富魯蓋爾大樹——」
庫珥修為沒時間磨蹭而咬牙，安娜塔西亞則是歪頭重複地名。
沒錯，接下來就是和時間作戰。
「要在三十個鐘頭內派出討伐隊到魯法斯平原，在白鯨出現後立刻發動總攻擊。為此……」
快速掌握狀況的庫珥修回過頭，威爾海姆朝著主子點頭。保持沉默的老劍士開口：
「首先關於討伐隊的組成，自數日前就已順利進行。原本留在王都，就是為了配合白鯨出現的時間做準備。討伐時機與王選開始時間重疊，只能說是天佑庫珥修大人。」
「話說得太早啦！不過，白鯨出現的時期有模式可循嗎？」
為對方正中下懷感到開心的同時，又對威爾海姆的回答感到驚訝。
根據昴所聽聞，白鯨出現的場所和時間完全是隨機，神出鬼沒正是「霧之魔獸」被視作最大威脅的理由。
「查出白鯨出沒的時間和場所可是威廉爺的執念所賜的結果喵。畢竟自大征伐後十四年，威廉爺都只想著這個而活喵。」
回答昴的疑問的，是走到威爾海姆旁邊的菲莉絲。他邊抖動貓耳邊窺探站得直挺挺的老人的側臉。

「討伐隊的武術與士氣，多虧了威廉爺所以用不著擔心喵，但物資準備不足不容否認喵——。庫珥修大人要是率領大軍前往王都，在各方面都會引起大騷動，所以是偷偷摸摸聚集起來的。」

「確實，武器和道具的準備上還稱不上萬全……為了彌補這點，才請安娜塔西亞大人和拉賽爾殿下同席嗎，昴殿下？」

接受菲莉絲的針砭，威爾海姆朝昴投以銳利目光。

「欸，也是有考慮到這方面……這種話一生總會想講一次吧？」

抓著頭的昴，在威爾海姆的視線中回覆準備好的答案。

聽到昴的回答後，被提到的商人之一拉賽爾用手比向窗外。

「我立刻號召動員工會，著手進行準備。在明天下午之前，讓王都內的商人全力收集必要的物品。」

「合辛商會也一樣喲。沒有隸屬工會、見縫插針的商人和店鋪就交給偶唄。還有其他方面也請儘管期待。」

接在拉賽爾的話後，安娜塔西亞給予強力的回應。

接著安娜塔西亞朝著雙手環胸、一臉佩服的庫珥修笑道：

「不看漏商機是商人的鐵則，這也是倫家到這來的理由。還有還有，雖說商品百百款，但要說最好的商品就是恩情咧！沒有形體，不會破損，不會變庫存——最重要的，是沒有標價。」

「現在是伙伴倒還好，重新聽一遍只覺得好可怕，妳這個生意人！」

面泛桃紅的安娜塔西亞看起來楚楚可憐，但骨子裡的守財奴天性叫人畏懼萬分。恩情可不是可以標價的東西。

斜視心情大好的安娜塔西亞一眼，庫珥修點頭表示理解。

「在談判前先鋪路，是嗎。原來如此，在這場面，先見之明和覺悟都不足的人是我。我深感佩服，菜月・昂。」

「只是預習和複習順利地吻合罷了。講真的我心裡是鬆了一口氣。」

事前擬案做了這麼多演練，但在談判成功之前都是在走鋼索。不規則的要素會成為助力，這點也該作為反省牢記在心。儘管如此……

「總覺得，保住留在王都的顏面了呢，雷姆。」

「——是的。不愧是昂，太精彩了。」

舉起牽著的手，將達成感分享給這次談判私底下有功的雷姆。

——談判有結果，最高興的人一定是雷姆吧。

原本這個談判是雷姆被賦予的任務。不能告訴昂自己被賦予的使命，日復一日與庫珥修的對談，想必耗損了她不少精神。

持續腐化的昂，和愛蜜莉雅陣營的未來——她應該為這重量所苦。

儘管如此她還是拼命撐了下來。這次的成功，多少能報答她的心情吧。如果有的話，現在光這樣就足以讓昴開心。

「——昴殿下。」

突然，和雷姆交換欣喜的昴被叫喚。

看過去，以認真眼神看著自己的是挺直脊梁的威爾海姆。老劍士一和昴對上視線，佈滿皺紋的精悍臉龐洋溢著萬千感慨。

「我要感謝您——」

這麼簡短告知後，突然就當場跪下行禮。

這突如其來的舉動嚇到了昴。

但是，有驚訝反應的人就只有昴。其他人都對威爾海姆的行徑表現出一定程度的理解。相關人士的庫珥修和菲莉絲不用說，連局外人雷姆和安娜塔西亞都這樣。

「我要向您獻上與奉獻給主君庫珥修・卡爾斯騰公爵同等的感謝。感謝您，賜予不成熟的我報仇的機會。」

「啊咧，那個……咦？」

「賢明的昴殿下想必早就看穿了吧，但容我重新自我介紹。」

威爾海姆無視昴的困惑，將繫在腰部的劍連同劍鞘拿下。

接著放在地板上，手貼在劍上方做出最敬禮，彰顯出最大的敬意。

然後，報上名字。

「以前報上的托利亞斯是過去的家族姓氏。在下真正的姓氏為阿斯特雷亞。娶前代劍聖特蕾希雅・范・阿斯特雷亞為妻，忝居劍聖家系末席之身——便是在下，威爾海姆・范・阿斯特雷亞。」

換口氣後，威爾海姆以霸氣在雙眸充填閃耀的光輝。

「感謝您給予這副衰老之軀能夠一報奪妻之仇，殲滅魔獸的機會。」

他深深低頭，強烈訴說心意的情感正面撞擊昴。

在場的人聽了，都在期待昴的回答。在這份期待下，昴倒吞一口氣，說：

「哦，嗯啊……我、我當然知道。我當然認為庫珥修小姐會因為這點而踏上討伐白鯨這趟混水！」

「菜月・昴。」

莫名畏縮的昴的回答，被庫珥修不疾不徐地打岔。

琥珀色的瞳孔看進昴泅游的眼睛裡，然後夾雜著小聲的嘆氣說：

「吹起了謊言之風喔，從你身上。」

她暴露昴沒法遮掩的謊言，從而證明了「風見加持」的能力。

第二章 『決戰前夕』

1

——討伐白鯨。

談判結束，討伐兩個字帶有具體性後，相關人士的動員就快了起來。

安娜塔西亞和拉賽爾兩名商人就如他們的宣告，為了收集所有武器和道具而在王都奔波，庫珥修也召集事先準備好的討伐隊。再來就是確保加入的人手以及搬運物品的龍車等等，工作可說是不勝枚舉。

「這樣子龍車都會被買光，難怪會找不到回宅邸的交通工具。」

看著人與物品頻繁進出別墅內外，昴掌握住在先前輪迴中跟自己無關的事情底細。

在昴自顧自的輪迴中，庫珥修和威爾海姆都在著手準備與白鯨作戰。事到如今才察覺，使得心情坐立難安。

連續三次都給人添麻煩。這次有沒有什麼幫得上忙的呢？

「有什麼我能做的事……」

「咦~根本就沒有可以給昴啾做的事喲喵？」

「我是說如果有的話啦，哼！」

被慌亂的氣氛吞噬，想說幫個忙卻才開口就受挫。而率先給昴挫折的人，就是用手遮著嘴巴隱藏呵欠的菲莉絲。

看著明明是當事人之一卻欠缺認真的菲莉絲，昴眼角上吊。

「別把別人捲進自己的沒幹勁啦。我的話……」

「不管是物資安排還是討伐隊的編組，每項都不是昴啾的領域吧？局外人攪局只會造成麻煩，所以乖乖別動。」

「哪能乖乖不動啊。都怪我說來討伐白鯨，才會害得大家這麼晚了還跑來跑去。可是我卻……」

「對，就是這裡搞錯了！」

指著幹勁十足的昴的鼻子，菲莉絲用尖銳的口氣打斷他的話。被迫閉上嘴的昴一呻吟，菲莉絲就用指人的手指彈他的鼻頭。

「這種認為是自己的錯的想法，菲莉醬超不喜歡的。應該說很討厭。」

「……可是，大家會熬夜的契機出在我身上吧。」

只有自己置身事外，默默地等待結果太奇怪了。

「——現在是有王選才能講，以前的庫珥修大人可沒有想過要改變國家的方針喵，就只是一名普通的可愛公主喲。」

「啥？」

「啊，講公主有點不太對？可愛的美貌打以前就是，不過庫珥修大人從那時候就已經英姿煥發，堅強到讓身邊的男人都相形失色呢。」

突然丟出一個相去甚遠的話題，撇下困惑不已的昴，菲莉絲臉頰泛紅。

對腦海裡的年幼庫珥修為之傾倒，菲莉絲吐出熱情的呼吸。

「誠實又勇敢，比任何人都耿直溫柔，完美無敵的庫珥修大人……可是，那樣的庫珥修大人會變成現在這樣子，甚至堅強到以王位為目標，都是因為那位大人曾在身旁。」

「在講什麼啦。還有那位大人……」

「——弗利耶・露格尼卡殿下。這個國家已故的第四王子。」

被話題遠遠拋在後頭的昴聽到菲莉絲說的話後，微微屏息。

對不認識、已逝之人的名字的震驚，成了語塞的理由，不過還不單單因為如此。

「————」

道出這名字的菲莉絲，側臉漾著虛幻寂寞的微笑，奪去了昴的注意力。

微笑裡頭是鄉愁、寂寥感還有驕傲同居，即使知道他的性別，卻還是美得叫人看到出神。

「一看到昴啾，似乎就會稍微想起弗利耶殿下。」

「……是眼神兇惡的人嗎？」

「沒有喔，殿下長得很帥氣。昴啾根本不能比。只是性格任性、單純、吊兒郎噹、坦率又固執己見……再多說的話會變成講殿下的壞話，所以不能再說了。」

「剛剛的就已經是充分過了頭的壞話，被拿來當對照的我也受傷了耶!?」

如果外貌以外的地方是他感傷的原因，那被羅列的缺點就是共通點了。沒法否定是很悲傷沒錯，但菲莉絲卻搖頭反駁昴的話。

「弗利耶殿下確實是叫人傷腦筋，但卻是很拼命的人。老是在煩惱王族會有的煩惱，總是出一堆莫名其妙的點子給大家添麻煩。明明很笨拙卻只有幹勁過人，就算要求他老實聽話他也絕對不會聽你的喵。」

「……是個很難伺候的人呢。」

「還不只咧！還講什麼『大家都這麼拼命，怎麼可以只有我坐著乾等——！』說得就跟剛剛的昴啾一樣。只不過，殿下絕對不會說是『自己害的』。他不會那樣想，也不是會有那種想法的人喵。」

回想過去而苦笑的菲莉絲，話語中處處透露著對那位人物的深情。

是真的很重要的人物吧。這麼想的昴總算有了遲來的理解。

說到露格尼卡王國的第四王子，話題中的弗利耶這號人物應該是因成了王選契機的傳染病而亡故的。

而如果這號人物，成了庫珥修邁向王位的理由——

「那位弗利耶殿下，和庫珥修小姐感情很好？」

「畢竟年齡相近，殿下經常造訪庫珥修大人的宅邸。雖然每次都說是順道路過這類藉口，但他不擅長隱瞞真心，所以都被人看光了。」

看菲莉絲回想過去而微笑的樣子，昴也領悟到弗利耶的淡淡思慕。

菲莉絲與庫珥修的關係，不是單純的主從也不是男女關係。不過，這份關係會加上弗利耶這號人物，一定是因為他對菲莉絲來說是特別的人。

三人的關係，對菲莉絲來說必定是特別重要吧。

「能有現在的菲莉醬，九成五都多虧了庫珥修大人。不過，剩下最重要的五分則是多虧了弗利耶殿下。……這是毋庸置疑的。」

手貼胸膛、低垂眼簾的菲莉絲的話讓昴莫名感慨。

至今昴一直以為菲莉絲肯定不曾對庫珥修以外的人敞開心房過。身為治癒術師而有許多與性命相關的經驗吧，菲莉絲時常會露出冷酷到叫人打顫的眼神。

但是，訴說著弗利耶回憶的菲莉絲，卻絲毫沒那樣的神貌。

就是個處處可見的、普通的可愛少女——外貌的少年。

「不過，這樣講的話，你是從我身上感受到那個叫弗利耶的人的親密囉？」

「啥？為何昴啾會跟弗利耶殿下一樣？宰了你喲？」

「你冷酷到我都打冷顫了啦！」

低沉威脅的語氣和危險的眼神，讓昴邊發抖邊後退。看到這樣子，菲莉絲咳嗽清嗓，然後繼續接著說下去。

「不是那樣的……剛剛刻意對昴啾提起殿下的話題，並不是因為那種感覺……啊啊討厭！為什麼都這樣了還不懂喵，笨蛋！」

「不管怎麼說都太不講理了吧！話是你先起頭又跳得那麼遠，我哪會知道啊！結果你到底想要我怎樣啦！」

被踐地的菲莉絲給刺激到，昴也用不輸他的音量頂回去。

「昴和菲利克斯大人，這麼大聲是發生什麼事了嗎？」

聽到吵鬧聲，原本在客房打包行李的雷姆下樓來。面對一臉擔心的雷姆，昴抓抓頭思考該怎麼說明才好。

「沒有啦，我只是在想有沒有什麼我能幫忙的，結果菲莉絲就從中作梗。再加上連我自己都不知道要說什麼了。」

「是昴啾不懂得察言觀色吧～。真是的，會說那些……還不都是因為昴啾打算妨礙大家的工作……」

「別說妨礙！我是想幫忙。畢竟，都是我害的……」

「就是這個！」

聽到昴含糊不清的表達，抬起頭的菲莉絲強力打斷。接著微微震動頭上的貓耳朵，手指戳向昴的胸口。

「昴啾的那個『我害的』說法很討厭。不是『我害的』，而是『多虧了我』。大家會像這樣熬夜做事，還有威廉爺可以和白鯨作戰，都是這樣喵。」

「多虧了我……？」

毫無真實感的話就算說了也只是歪頭不解。不過身旁的雷姆對著昴微笑，像是在說自己的意見與心滿意足的菲莉絲一樣。

「挑戰王選以及與白鯨作戰，大家其實都不是為了庫珥修大人。每個人，都是為了某個人。」

代替沉默的昴，菲莉絲再度用雙唇紡織話語。

「討伐白鯨是威廉爺的宿願喲喵。前代劍聖——威廉爺的太太被白鯨幹掉時，威廉爺似乎沒能在她身旁。」

「前代劍聖……」

「為了復仇，威廉爺拼死拼活地追蹤白鯨。那樣的行為簡直就像要抓住『霧』的本身。在看不見前頭的未來中，調查記錄中留下的白鯨出現場所、時期、天候……為此離鄉背井，去驗證各種假說和條件，終於掌握住像是規律的法則。」

他的執著，究竟有多深呢？

被畏懼到稱為霧之魔獸，其存在無人不曉，生態全貌卻完全不明朗的強大敵人——只有一個人，為了尋找這個存在而持續抵抗。

「不過，好不容易掌握到的線索，卻沒有人肯採納。」

紅著眼翻閱書籍和文獻，胸懷復仇心的老劍士度過了幾個夜晚呢？

執著有了回報，可是空有好不容易發現的線索，卻沒有力量去策動他人——

「大征伐在王國歷史上留下了深深的爪痕。在王位虛懸的時期也不會有人站在威廉爺這邊。沒人有與白鯨應戰的氣概，還有著眼於白鯨的從容……連募集支援者都沒辦法，威廉爺的心境想必很絕望。」

發誓復仇，卻連憎恨的對象的腳底都到不了。

那無力感衍生出的絕望，昴十分清楚。

因為名為弱小的罪，絕對不會放過自己。

「他好像也曾想過捨棄一切，一個人去挑戰白鯨喵。比起沒有戰勝，不能與之交戰更讓他引以為恥。——男人真的是笨蛋。威廉爺的太太，一定也不希望他這樣吧。」

「是啊。」

這樣同意菲莉絲的，是沉默到現在的雷姆。

雷姆手貼自己胸膛，淺藍色的眼睛悄悄斜視昴。

「雷姆希望心愛的人能夠永遠有朝氣。就算雷姆不在了，也希望對方是用笑臉想起雷姆。」

「……講到自己變回憶，還太早了吧。」

雷姆感傷的話，讓昴忍不住回嘴，伸長手輕戳雷姆的頭，然後張開手掌溫柔撫摸。

對昴這樣粗魯的情感表達法，雷姆幸福地瞇起眼睛。

「那麼，出聲叫住威爾海姆大人的，是庫珥修大人嗎？」

「因為庫珥修大人真的很溫柔。朝著絕望、悲嘆、眾人不屑一顧的對象伸出手。想為重要的某人做些什麼是人之常情。——殿下也是這樣。」

點頭贊同雷姆的話，菲莉絲像在遙望遠方，背過臉。然後閉上眼睛，接著抬起頭就恢復平常的表情，吐舌頭說：

「好啦，奇怪的話題到此打住。講了這麼久，就是昴啾根本、完全、沒必要鑽牛角尖喵！不如說，沒有人是為了昴啾忙得團團轉！大家對昴啾都沒興趣喵，才沒昴啾你自己想得這麼重要呢！」

「你要掩飾害臊是沒關係，可是害我受傷了耶！」

「別擔心。雷姆對昴是興致盎然，超越昴所想的十倍以上。真的喔。」

「那又多到太恐怖了！」

菲莉絲過份的發言，以及雷姆朝錯誤方向給予的聲援。被他們耍得團團轉，但昴也知道他們話中的含意是什麼。

「溫吞到叫人看不下去呀……」

「本人我對那種自以為了解的感覺很火大喵。明明只不過是昴啾。」

「就算是這樣……菲莉絲，你嘴巴也太不牢靠了。」

「喵啊!?」

原本態度冷淡的菲莉絲，被身後傳來的聲音嚇到跳起來。他畏畏縮縮地轉過頭，看到雙手背在後頭的老紳士就站在那。

威爾海姆瞇著眼睛盯著縮小身子的菲莉絲看。

「你不覺得洩漏他人恥辱稱不上是好興趣嗎？」

「那哪算恥辱喵。菲莉醬就像是威廉爺的解體新書？」

雙手手指互頂，菲莉絲嘟起嘴唇邊擺出嫵媚姿態。雖然想用貓耳美少女外表裝可愛來帶過，但很遺憾骨子裡是男人。

當然，這種美人計對威爾海姆也沒用。

「不管怎樣，沒有得到當事人許可就長篇大論是不好的。」

「是——」

被冷淡叮嚀，菲莉絲垂著肩膀快速離去。臨走之際還舉手拋媚眼，真不愧是菲莉絲。

不過，被留在原地的昴心境可說是糟糕無比。

沒那個意思卻聽到了威爾海姆的過去，讓昴尷尬得不得了。

想說坦承自己的黑歷史來抵銷，但一想到那會星火燎原到什麼地步就打消念頭。

結果，就只有沉默持續，一道汗水劃過昴的額頭。

「讓您聽到不愉快的事，實在非常抱歉。就只是老朽的無趣固執，和無所事事虛度的時間。還請忘記。」

威爾海姆打破沉默，希望把剛剛的對話當作沒發生。

看著他面露苦笑的樣子，昴沒說話，但決定尊重他的意思。

什麼都別問。那是威爾海姆的願望。所以昴就什麼都不問。

「您很深愛夫人呢。」

──雷姆小姐!?

昴吃驚到在內心用敬稱來叫雷姆。

只消這麼一句，雷姆就涉足了滿佈地雷的平原。

撇開昴的焦躁不理，威爾海姆挑眉，慢了一拍才回應。

「是的，我深愛妻子。遠勝任何事物，比任何人都愛她，即使過了這麼久。」

話中所內嵌的歲月，讓威爾海姆的告白沉重無比。

過去昴曾好幾次聽過威爾海姆親口道出對愛妻的疼惜。

每次都傳達出他對髮妻的愛情。在知道那是對往生者的思念後，才知是另一種感慨。

「明天的準備尚未妥當，所以先行告辭。兩位今晚還請好好休息。」

背對沉默的兩人，威爾海姆慢慢離去。

「明天──」

昴忍不住朝著那遠去的背影出聲。

對方停下腳步，不過沒有回頭。昴繼續說：

「明天，我和雷姆也會一起出戰。」

「這就……」

「同盟的對象與強敵應戰，哪有人能默不作聲地靜觀其變。不用擔心，雷姆可以戰鬥……我的話，有我能辦到的事。」

連珠砲地說了一堆，以免對方拒絕自己的協助。

然後。

「一起合力，痛宰那條臭鯨魚吧！我也會全力幫忙的！」

「────」

伸出右手豎起大拇指，昴發誓要與威爾海姆並肩作戰。

聽到這宣言，威爾海姆沉默半晌。

「──我的妻子，是喜愛欣賞花朵的女性。」

他突然用相異其趣的話回應昴的誓言。

「她不喜歡揮劍，卻又比任何人都為劍所愛，只被允許為劍而活，而妻子也接受這樣的命運。」

當代劍聖萊因哈魯特的實力，昴曾實際拜見過。

「劍聖」的加持，會給予凡人之身超乎常理的力量。

並且束縛該人物的未來，將可能性無限縮小。

「奪走妻子的劍，讓她捨棄劍聖之名的人是我。」

止於凡人。過去威爾海姆曾對昴這麼形容自己。

而這樣說的他，為了到達現在的領域，已將半輩子都奉獻給劍。

在達成悲願之前，這位老人嚐過多少次失敗，內心受挫過多少次呢？

然後——

「我和捨棄劍、成為一名女性的她結為夫妻。於是所有人都認同她，讓不再是劍聖的她以特蕾希雅的身份而活。——但是，劍卻不允許她這樣。」

那位應該已經捨棄劍的女性，為何會加入白鯨討伐隊呢？

可是，威爾海姆的追憶沒有觸及這點。

「昴殿下，感謝您。」

深吸一口氣後。

「在明天的戰鬥中，我將用我的劍找到答案。我終於可以前往妻子的墓前。我終於可以去見我妻子。」

說完，這次威爾海姆真的離開。

被留在房裡的昴為了忍住溢出的情感，只能渾身顫抖。

同為男人，只能對威爾海姆的覺悟抱持一種尊敬。
人類是可以如此真摯、專一地貫徹愛情。
「昴……」
在靜謐落下的空間裡，突然響起雷姆的聲音。
昴沒說話，轉頭看她。剛好和看向自己的雷姆視線交纏。
「雷姆要是不在了，昴也會記住雷姆這麼久嗎？」
「……太不吉利了，我不想回答。」
吃驚地這麼說後，昴用手指輕輕戳雷姆的額頭。
雷姆伸手觸摸手指碰到的地方，然後面露幸福微笑，彷彿得到了想要的答案。

2

翌日早晨，離討伐白鯨的時限——還有十七個鐘頭半。
「來，這是庫珥修大人的指示，從裡頭挑個你喜歡的就行了。」
「就算你說挑個喜歡的……」
在晨風還冷的庫珥修宅邸，昴面對排成一列的地龍束手無策。
向昴展示地龍的，是從平常的女裝換成近衛騎士團白色制服的菲莉絲。純白的斗蓬迎風飛舞，面露十足精神的菲莉絲，對昴的回答感到不滿而鼓起臉頰。

「什麼嘛喵！這可是庫珥修大人的溫情，你是要說不喜歡嗎？」

「不是啦。我很高興讓我挑選騎乘的地龍，可是老實講我根本不知道地龍的好壞怎麼區分。我看起來像是鑽研地龍十幾年的老手嗎？」

「嗯～嗯，不像。這樣啊，那就用直覺挑選吧？畢竟是要寄託性命的對象，考量到有可能會死翹翹，菲莉醬不想被怨恨所以不想雞婆多嘴喵～」

「住口！少給我講些奇怪的死亡禁語！你說誰會死翹翹啊！」

離決戰時刻剩不到二十個小時，菲莉絲的態度卻依舊不正經。雖說總比怪緊張一把來得好，可是也讓人覺得他這樣太鬆懈了。

現在，庫珥修宅邸的前庭排滿了許多要參與白鯨攻略戰的地龍。

搬運貨物用的地龍也很多，但特別重要的是選擇要參加實戰的騎龍。不過聽說被卡爾斯騰家精挑細選的都是血統優秀的名龍。

「不管怎麼看，除了帥氣以外擠不出其他感想了，關於這點雷姆怎麼想？」

要參戰的戰士大多都帶著自己的愛龍，而昴被優先給予可以從候補地龍中挑選自己騎龍的權利。只不過這難得的權利在他手中卻是白白被糟蹋。

聽到昴的問話，身旁的雷姆邊摸面前的地龍的頭邊說：

「這個嘛。雷姆的話，只要好好告知誰是上位者，大部分的地龍就都會乖乖聽話，所以不太拘泥地龍的差異……」

「原來如此。雷姆的方針格外的斯巴達呢。唉喲，怎麼辦咧？」

被雷姆撫摸的地龍坐在地面，像是顯示完全的服從。恐怕是確切感受到生物上的等級差異，但根本不能當作參考。

「花太多時間會耽擱到後面的人，快點選啦～」

「別人的事你就不能說些中聽的話嗎？」

「確實是別人的事，但正因如此沒必要講什麼好聽的喵。其實，每頭龍都具備選了也不會後悔的素質。所以才說用直覺來決定啦。」

「這也是一種道理啦，不過……嗯？」

被菲莉絲催促的同時，邊走邊看著排排站的地龍的昴停下腳步。走在一起的雷姆感到不可思議而看向他，問：

「昴，怎麼了嗎？」

「沒有……只是有點在意這傢伙。」

止步的昴面前是一頭有著漆黑肌膚的美麗地龍。

銳利的面貌和黃色的瞳孔。背上掛著鞍，頭部戴著地龍用皮製頭盔。裝備跟其他地龍無異，但那瞳孔叫人印象深刻。

「────」

靜靜凝視昂的瞳孔，讓牠跟其他地龍有了區隔。

他不像其他地龍急著展示自己，或是為了表達忠誠而擺出服從姿態。漆黑的地龍就只是從容地等待自己被欽選。

「你該不會是上次來羅茲瓦爾宅邸，跟我打過照面的那頭地龍？」

對牠的個性突然有印象，昂把手伸向地龍。

身旁的雷姆微微一驚，迅速地要制止昂伸手。但在雷姆制止之前，地龍的鼻子摩擦昂的手的速度快了一步。

「……看樣子，這傢伙是最佳龍選。」

「嚇了雷姆一跳。這頭地龍派頭十足，想說是很知名的品種……所以本來以為昂的手會不會被吃掉呢。」

「這樣一講剛剛的我確實蠻不小心的！」

不過，用不著擔那個心。這應該就是所謂的波長合得來吧。

昂決定把性命託付給用鼻尖摩擦自己的黑色地龍。

「菲莉絲，我選這傢伙。我對牠一見鍾情。」

「好好好——。哦，選得好呢。昂啾也真是有夠厚臉皮……還有就是雷姆醬會鬧彆扭，所以別說什麼一見鍾情啦。」

「雷姆並沒有鬧彆扭喲。我們會好好相處的，絕對可以的。」

像確認般再三重複反而讓人有點不安，但雷姆也許可了，因此昴的騎龍就決定是牠。留下表示還要再準備一下的菲莉絲，昴帶著雷姆回到豪宅內。

離預定出發的時刻，還有一下子。

庫珥修宅邸裡頭開始聚集參與白鯨攻略戰、被編入討伐隊的人員。在這當中，最吸引回到大廳的昴的目光的是——

「怎、怎麼搞的，那一團……？」

愣住的昴忍不住直盯著那邊看。結果那一團有個人注意到這視線，踩著沉甸甸的腳步走過來。

「什麼呀，小哥也是討伐隊的人咩！請都都指教喔，小哥！」

足以吹走早晨清澈空氣的大音量，朝著昴用力播放。

聲音大到寬敞宅邸的每個角落都聽得到。

而出聲者就在眼前，在近距離被大嗓門洗禮的昴根本就受不了。

手摀著耳朵用力皺起整張臉，朝著對方回敬充滿抗議的眼神，但……

「偶聽大小姐說囉！小哥是今天獵鯨魚的核心人物唄⁉今天偶們也會跟著去獵鯨魚！天氣這麼好真素太好了咧！」

「聲音太大啦！你那圓圓的眼珠是沒看到我的反應嗎⁉」

因為被宛如強風颳過的聲音搭話，昴回應的聲音自然也變成怒吼。

面對怒吼只是越發傻笑的，是有著狗臉的獸人。

全身被褐色的體毛覆蓋，縱長的頭部則是長著深咖啡色的毛，看起來像龐克頭。銳利的眼神和滿是利牙的嘴巴引人注目，但卻有著一張莫名討喜的臉蛋。

只不過，身高將近兩公尺，肌肉發達的肉體被皮革服裝包裹的樣貌，洋溢著野性與文明互毆後和解的感覺。保護裸露的上半身的鋼鐵護肩，上頭畫著合辛商會的商號。視線忍不住停留在上頭。

「那個商號加上卡拉拉基腔的獸人……所以說是安娜塔西亞的『鐵之牙』囉！」

「貢瞎米！太小聲囉，小哥！聽不清楚你講啥咧！」

「吵死了！你是吃什麼才長到這麼大的！你什麼族啦！」

「看就知道了唄，不就可勃魯特嗎！犬人族除了可勃魯特以外還有其他嗎⁉」

「嘿～可勃魯特……一定是騙人的吧⁉」

獸人自稱是可勃魯特，但在昴的印象中，可勃魯特是狗頭人身的侏儒。雖然狗臉和用兩隻腳走路是符合特徵，不過體格卻跟想像得差太多了。

「偶叫里卡德，那邊的姑娘也請都都指教！」

「是，里卡德大人。感謝您的親切有禮。敝人叫雷姆。」

面對里卡德的痛快招呼，早已做好心理準備的雷姆禮貌地報上名字。

斜視他們的互動，然後看到里卡德那一團——安娜塔西亞從獸人聚集的一角賊笑著走過來。

看到那討人厭的笑容讓昴繃起臉，而她則是壞心地歪頭說：

「不行滴～菜月。里卡德的耳朵聽不見對自己不好的話。要好好來往的竅門，在於別不小心接近他。」

「真希望在遇到前妳就先告訴我。妳這個人真的也很壞。」

「抱歉囉？因為倫家很想看看菜月會有什麼反應咩。」

「不只為人，連性格都很惡劣。唉喲，很痛耶！」

一朝著含笑的安娜塔西亞開罵，昴的頭就被獸人——里卡德用大掌輕推。他像要炫耀牙齒似地張開大嘴說：

「喂，小哥！不准對大小姐講那種話！對偶的雇主要再溫柔一點！大小姐基本上對任何人都錙銖必較，所以沒朋友！現在開始溫柔對她的話可能就手到擒來喲，大概啦！」

「里卡德。你不擅長保密，所以別說人壞話比較好唄？」

「偶不是說壞話啦！偶只是擔心大小姐咧！大小姐從以前就不懂得跟人相處，就算從卡拉拉基到這來，都沒認識的人所以很不安唄!?機會難得，這邊，來喲！答啦啦啦～朋友一號來咧！」

「不要把人夾在中間嘰嘰呱呱說個沒完！還有不要抓著人的頭搖來搖去啦！頭都要被你的蠻力扭斷啦！」

就如字面意思，被超乎常人的腕力甩來甩去，於是連忙在脖子斷掉前掙脫。趕快逃離里卡德後，昴當場旋轉脖子，做起拉筋伸展運動。

「啊，好危險好危險。在決戰前因為閒聊而受傷導致脫離戰場可不好笑。就算是我也是戰意高昂，沒法接受那種下場……」

「瞎米啦，太誇張了唄！偶只是講要當好朋友而已咧！」

「那種好朋友定義就出現國民性的差異啦。卡拉拉基的人每個都這樣？」

「沒那回事。里卡德比較特別。看到倫家就會體會到高尚嫻淑的國情，沒錯唄？嗯？」

安娜塔西亞也不輸里卡德，大言不慚地講出這種話。昴深深嘆一口氣，然後把身旁的雷姆推向前。

「聽好了？真正的嫻淑講的是像雷姆這樣的女生。看啊，這份高雅。」

「哪有……說雷姆可愛，雷姆會害羞。」

「嗯～感覺不錯的奇怪女孩，前途無量咧。菜月也抓到好女生了。」

像是強娶民女的說法叫人在意，不過雷姆的反應也和昴期望的有點落差，所以說法很難對在一起。

「看這樣子，你們已經打過照面了。」

庫珥修出現在成為稀奇團體的昴等人面前。

庫珥修穿的不是平常的男裝禮服，而是將裝飾減到最少的輕鎧甲。重視活動性，將機能偏向機動型的鎧甲很像她的選擇，但就昴看起來卻覺得防禦方面叫人不安。

「戰鬥服裝還是方便活動的好。不用擔心，鎧甲上有土之鍛冶師刻的堅固加持。只要我的瑪那沒有耗盡，這玩意就能發揮超越外觀的結實。」

領悟到昴視線中的想法，庫珥修撫摸胸前的金屬板，這麼回答。

「原來有這種東西。還是老樣子，魔法和加持就是作弊好物呢……搞不好我體內沉眠著超方便的加持，只是還沒覺醒而已。」

「人不管睡多久都不會忘記呼吸的方法吧？對有加持的人來說，加持就相當於呼吸。假如沒有自覺的話早點放棄比較好。」

即使以前也曾有過同樣被否定的經驗，但昴還是嘟起嘴唇丟出願望。

雷姆意圖安慰似地撫摸像小孩鬧彆扭的昴，而身旁的庫珥修仰望俯視自己的里卡德巨軀，說：

「原來如此。雖然有聽聞，但是個超越傳聞的猛將。你就是被喻為安娜塔西亞・合辛的心腹、『鐵之牙』的團長嗎？」

「終究是被雇之身。妳是庫珥修・卡爾斯騰唄？傳聞我聽外頭和大小姐說過，但本人比那還……」

里卡德朝著雙手抱胸、仰望自己的庫珥修伸出鼻子嗅聞。接著鼻樑擠出皺紋，振動喉嚨大笑。

「豪傑咧！這下子王選可累人咧，大小姐！」

「所～以～說，才要像這樣來賣恩情呀。標籤上可以標多少價碼，就看里卡德你做得怎樣囉，好好幹嘿。」

「嘎哈哈哈！真會使喚人，不對，是使喚狗的大小姐呀！」

里卡德對庫珥修的評論，安娜塔西亞沒有否定，而是同意。

跟傻笑的里卡德來往很久了吧，和他說話的安娜塔西亞可以窺見與外貌相符的少女氣息。想必是非常信任他吧。

除了嗓門大外，昴也不覺得里卡德難相處。他的人品，或者說狗品，直率到有點過了頭。

「昨晚睡得好嗎？」

視線離開里卡德，庫珥修話題轉向昴。昴邊旋轉剛剛被里卡德扭來扭去的脖子邊說：

「託妳的福。在庫珥修小姐你們忙得團團轉的期間，實在沒什麼悠哉入睡的心情。」

「這就是適才適用。你的工作在昨晚聚集我、拉賽爾・費羅、安娜塔西亞・合辛並做出討伐白鯨的結論時就已結束。不過，你們申請要參與討伐戰這點，叫我意外。」

淺淺微笑後，庫珥修抿緊嘴唇，筆直地凝視昴。

看到琥珀色的瞳孔帶有複雜的感情，不明究理的昴縮起身子。

「很感謝你要參與白鯨之戰……但你能戰鬥嗎？」

「當然不能啊？話說在前頭，如果說要把我算進戰力裡，那只有在連貓手都想借用的走投無路之際喔。我可不是狗手喔，那太大了。」

「剛剛是在講偶嗎!?」

「對啦對啦但不要插進來啦！你那什麼耳朵，只聽得到自己想聽的！」

昴朝著打岔的里卡德怒吼，不過他的非戰鬥員宣言正當到讓庫珥修圓睜眼睛。昴苦思該如何跟她解釋。

「戰鬥力是不能看啦……但以白鯨為對象的話，我這個人會格外有用。」

「讓我聽聽你的根據。」

「那個根據連我自己都開心不起來……我的體味似乎具有吸引魔獸的特質。」

昴莫名其妙的發言，又讓庫珥修沉默。

「確實如此。」但昴身旁的雷姆給予莫名肯定，所以她只露出一下煩惱的樣子後就催促昴繼續說下去。

「姑且先說我明白了。詳情麻煩說清楚點。」

「說體味有語病啦，總之就是有這種體質。其實，昨天講到的羅茲瓦爾宅邸的魔獸騷動，解決時也是靠這體質來誘騙魔獸聚集。」

「這樣啊。有這種體質，跟你持有通報魔獸危險性的『流星』連在一起了呢。」

「啊，意外的伏筆……不，沒事。」

被投以詫異的目光，昴連忙閉上險些多話的嘴巴。

「總而言之，我這種體質對白鯨八成也有效。只要有我在，多少可以誘導白鯨的目標。只是危險性跟上次的魔獸根本不能比，所以要是期待我的戰力的話，對我來說有點沉重。」

沃爾加姆的危險性相當於大型犬，但還是足以使人致死。

雖然危險性不能以體長來測量，但白鯨是沃爾加姆的幾千倍大。若昂一個人，別說迎戰了，連閃避都沒辦法吧。

「所以我會靠那頭借來的地龍，跑在白鯨的鼻子前面吸引注意力。大家再趁隙發動總攻擊……這是我想到的誘餌戰術啦。」

講是這樣講，但其實會怎樣也不得而知。

儘管戰鬥力方面不被期待，不過做為誘餌的話就派得上用場，於是就申請在戰場上奔波。雖說這個職務連想要自殺的人被分配到都會臉色鐵青。

「——真驚人，沒有謊言的氣息。」

手撫下顎，眼神半信半疑的庫珥修像是放棄而嘆息。她剛剛是以「風見加持」來判斷昂的發言真偽，好判斷應用在戰場上的實用性吧。

「從昨天開始到現在才半天，沒想到會有這麼多次機會懷疑自己的加持。雖然我並沒有將之視為萬能……」

「有點喪失自信了？」

「非也。世上有許多超乎我想像之物，這更加讓我警惕。」

庫珥修一面這麼說，一面露出看起來並非死不認輸的笑容。令人聯想到美麗獅子的表情，被她立刻隱藏在威風凜凜的表情下。

「我聽菲莉絲說你選了卡爾斯騰家首屈一指的地龍。既然你要擔起那任務的話，沒有比牠更好的騎龍了。只不過，基本還請遵照我的指示。」

「啊，看那裝扮就有猜到，果然庫珥修小姐也要出戰啊。」

「坐在屋子裡等待吉報，你認為我辦得到嗎？」

用手指彈了一下鎧甲，庫珥修理所當然地抬頭挺胸。

面對充滿氣概的她，昴老實低頭認錯。

「──看樣子，都集合了呢。」

接受昴的歉意，庫珥修閉上一隻眼喃喃道。

彷彿以這話為開關，陸續有人踏進宅邸大廳。全員都是裹著戰鬥裝扮、一臉嚴肅的人。長年使用、鍛鍊過來的裝備，令人覺得戰鬥經驗豐富的武人風範。不過昴在意的是他們的年齡層都偏高。

「成員看起來都不年輕了呢。」

昴直接把腦中浮現的感想說出口。

眼前橫切昴的視野的，是加入討伐隊的人們吧。一排約十人的隊伍，平均年齡都偏高。都沒少於五十歲吧。

昴的自言自語並沒有傳出去才對，但隊伍中突然有一人看向這邊。昴忍不住身子一硬，一名男子直接走了過來。

「庫珥修大人，在下前來造訪。──這邊這位是？」

「嗯，就是他。」

以嚴肅的聲音詢問庫珥修的，是頭髮和鬍鬚都已成灰色的中年男性。

庫珥修朝他點頭，他重新面向昴，伸手搭在昴的肩膀上。然後──

「謝謝你，少年。」

「咦？」

「託你的福，我們的宿願得以實現。再也沒有比這更歡喜的事了。」

抓著肩膀的手傳達出男子強烈的感情，昴不禁感到狼狽。「謝謝。」面對動搖的昴，男子邊說，又拍了一下他的肩膀才離去。

「全員都是跟白鯨有淵源的人吧。」

目送離去的背影，雷姆在昴的耳邊低語。

「跟白鯨有淵源……像是過去的討伐隊，這類相關人士吧。」

「也有很多退出一線的人。在威爾海姆的號召下，加入這次討伐隊的清一色都是士兵。士氣和武術都不遜於現役的王國騎士團。」

「燃起復仇之火的老兵嗎……別燒起來了。」

感受到滾滾熱意，昴同時瞥了一眼看著老兵們的庫珥修。

為了成就威爾海姆的復仇，庫珥修不惜立志要討伐白鯨。讓老兵們參戰得以一償宿願，一定也是基於同樣心情吧。

那是昨晚菲莉絲口中的庫珥修的「溫柔」，說不定是強烈影響到她生存方式的「殿下」的意思。

「這次的戰力，不會只有在這的人吧？」

「來這的是主要成員。剩下的為了前往魯法斯街道佈陣，應該已經朝富魯蓋爾大樹出發了。」

時間緊急，能集合的就只有討伐隊的主要成員。

老兵們一列席，奮起的時機終於高昂起來。雖是理所當然，但不能輸的心情增強，昴的胸口湧上了緊張感。

「時間差不多了。請你們也到大廳。」

仰視入口的魔刻結晶，話變少的庫珥修留下這句話。

出發前要進行發言，亦即提高士氣的演講吧。

庫珥修邁步，剛好威爾海姆和菲莉絲也進到大廳。菲莉絲的裝扮跟方才在庭園碰面時一樣，但威爾海姆不同。

脫去平常的黑色禮服，一身輕裝僅配備保護要害的最低限度防具。腰部左右各掛著三把細劍，散發的劍氣非比尋常。

「哦，拉賽爾先生也來了。去講個話吧。」

跟在威爾海姆後面的，是一頭黯淡金髮的拉賽爾。整晚熬夜的表情上掛著疲勞，不過面對眼前的大戰，雙眸還是充滿活力。

「看那張臉，感覺沒有東西不夠。安娜塔西亞小姐那邊呢？」

「你認為倫家會偷工減料嗎？」

「不會吧，我只是問問而已。」

在王選候補者裡頭，給人準備周到印象第一名的就是安娜塔西亞。

準備按部就班地完成，隨著預定時刻的接近，戰意在大廳內鼓漲。

一切即將朝決戰開始行動。

「欸，在那之前。」

有件事得先做。

身旁的雷姆歪頭表示不解。斜視她一眼，昴朝著要離開的背影出聲。

「安娜塔西亞小姐。可以讓拉賽爾先生加入，聊一下嗎？」

「──嘿～」

停下來回過頭的安娜塔西亞，表情帶著商業氣息。

那是敏銳地察覺昴帶了好生意上門的表情。方才的少女氣質離開雙眼，留下撥算盤的商人目光。

她的隨機應變讓人信心大增。

帶著壞人臉的安娜塔西亞走向拉賽爾。察覺到兩人接近，原本表情疲憊的拉賽爾臉上也恢復活力。

真是可靠無比的兩人。

「兩位是商人，而且還是極具先見之明的大商人，所以才找你們談這個。或許會被人笑都還不知道會不會成功就先打如意算盤，不過要跟你們聊聊打敗鯨魚後的事。」

邊用這些當開場白，邊在討伐白鯨前設好「佈局」。

3

「——四百年了。」

時間一到，在集合起來的戰士面前，庫珥修的這句話宣告了開端。

肅穆的聲音，和緊張的空氣。

在背脊挺直到生痛的銳利感覺中，集在場人員視線於一身的庫珥修，堂堂正正挺著胸膛站得筆直。

刻有卡爾斯騰家的家紋「顯露獠牙的獅子」的寶劍立在地面，手撐柄尾的庫珥修慢慢環視所有人的臉。

「距離世界史上最強災惡『嫉妒魔女』威脅世界的時代已過四百年。由魔女之手誕生的白鯨將世界做為獵場，將人類視為獵物，蹂躪弱者囂張跋扈，就這樣過了四百年的歲月。」

過去毀滅半個世界，到現在仍被當成恐怖代名詞傳承的「嫉妒魔女」。

以及身為魔女之僕，失去主人的現在依舊持續謳歌自由的霧之魔獸。

以十四年前的大征伐為首，在各國造成大量犧牲者，吞下眾多戰意的怪物。

「被白鯨奪去的性命不計其數。與該霧的惡毒性質相得益彰，犧牲者的正確數量亦無人知曉吧。歷經四百年的時間，刻下銘文的墓碑，以及連銘文都沒能留下的墓碑，數量都不斷增長。」

聽了庫珥修的話，有些老兵看著地面，咬緊牙根哽咽。

有些戰士的手指刺進握緊的拳頭裡滴血。

有胸懷無止盡的激情，一個勁地平靜等待機會，以爆發怒意的老劍士。

他們的遺憾，增長的屍體數量所累積的怨恨，化做沉澱的黑暗開始席捲大廳的空氣。

但是——

「但是，那無能為力的日子將在今天終結。」

「————」

「我等將會終結。討伐白鯨，終結眾多悲傷吧。給予甚至連悲傷都沒辦法的悲傷，能夠正當合理流淚的機會吧。」

「————！」

「終結已經失去主人，卻還遵從尚未結束的命令的可悲魔獸吧。」

胸口熱了起來。

默不作聲的人們，與昴共有相同的熱度。這件事清晰地傳達過來。

看著地面的老兵，握緊拳頭的戰士，閉上眼睛的老劍士，現在都瞪大眼睛，凝視站在前方的庫珥修。

承受這些視線的熱度，庫珥修伸手向前，大聲說：

「出征！——地點是魯法斯街道，富魯蓋爾大樹！」

「——哦!!」

回應的聲音重疊在一起，踩踏地面的巨響讓人產生地面在搖晃的錯覺。

被噴發的戰意熱度影響，昴也不自覺叫出聲。

而在這吶喊中，聲音格外強而有力、高亢的庫珥修拔出寶劍，高舉過頭指向天空。

「今夜，用我們的手——消滅白鯨!!」

白鯨攻略戰——被召喚到異世界之後，最大的作戰行動開始了。

第三章　『白鯨攻略戰』

1

由庫珥修・卡爾斯騰公爵率領，進行此次的「白鯨討伐」遠征。

自十四年前的「大征伐」之後，這還是第一次為了消滅白鯨而進行的大規模作戰，可以預料會上演前所未見的激戰。

此次遠征隊伍的組成，有庫珥修指揮的大討伐隊，及擔任其隊長的劍聖家系——威爾海姆・范・阿斯特雷亞。

跟隨威爾海姆的討伐隊分成十五小隊，各小隊的隊長由親臨參與大廳演說的老兵們各自負責。每一小隊有十五人，庫珥修率領的討伐隊總數約有兩百二十人。

不過，總戰力不僅於此。在決戰地富魯蓋爾大樹那，應該有接受拉賽爾指示而先行一步的輜重隊正在搬運必要物資及展開隊形。

再加上還有安娜塔西亞出借、由里卡德率領的獸人傭兵團「鐵之牙」。總數三十人，除了團長里卡德之外，底下還設有兩名副團長。

然後，說到「鐵之牙」的副團長——

「咪咪來也——！」

「我是黑塔洛。」

分別是朝氣十足舉手報上名號，和恭敬有禮低頭的兩名幼貓獸人。

橘色的體毛和只到昴的腰部的身高。可愛的容顏與遮到脖子的純白長袍十分相稱，若要直截了當地闡述感想的話：

「可愛到叫人想擄走！」

「大小姐也很常這麼說——！」

「姊、姊姊又說這種話……」

聽到昴的感想，自稱咪咪的少女活力十足地笑，而自稱黑塔洛的少年則是莫名慌張地責備。從稱謂來看兩人是姊弟——雙胞胎嗎？

對那微笑沒有任何異議，但關鍵不是外表而是實力。畢竟這可不是去郊遊旅行。

「是說，不是懷疑啦……不過妳真的是副團長呢。」

「嗯～？哥——哥，跟咪咪在哪見過咩？姆姆～想不起來的感覺不尋常呢！」

交叉雙手後咪咪歪頭思索，昴用苦笑帶過。

她不記得昴也是難怪。對昴來說，和咪咪第一次見面是在前一輪發生的事，而且也是歸在不太願意想起來的類別裡。

不過，那時候和現在，咪咪的無盡開朗都沒有變。
「別在意。我叫菜月•昂。是說，你們兩人本領很強喔？」
「好，不～在～意！還有咪咪和黑塔洛合起來很強喔——！堤比也加進來的話會更～強！超強的喔～！嘎嘁——！」
「嗯，是的，正是如此。我和姊姊會一起努力。」
看樣子自我主張強烈的姊姊，是由弟弟拉韁繩駕馭。一看到他們，就湧出疑問：這世界的雙胞胎，姊姊都把輔助的功能塞給底下的弟妹嗎？
「——？怎麼了，昂？」
就著疑問看向雷姆，結果她一臉莫名其妙，歪著頭露出親切笑容。
於是昂咳了一下，重新面對咪咪他們。
「不過好大的自信啊。所謂的副團長，只有力氣大可行不通吧。」
「還有超乎常人之技喲！另外，戰鬥一開始團長就會一股腦往前衝，看不見周圍拼命殺敵，所以黑塔洛超努力！」
「我會代替姊姊和團長向大家下達指令的。」
「啊啊，原來如此……辛苦的都塞給你呀。」
豪邁大笑、衝進戰場的好戰巨軀，還有身旁的姊姊的樣子都浮現在眼底。
這樣的話就算擔任副團長，有在好好工作的可能就只有黑塔洛。可愛的姊姊就是個天真爛漫卻又魯莽行事的孩子。

「我們會盡可能遵從庫珥修大人的指示，不過我們會用自己的方法戰鬥。這點不先告知菜月先生的話怕會造成混亂……菜月先生？」

「沒有，你認真機靈到叫我驚訝。那細微的操心，跟雷姆有得比。」

「哼哼——很厲害吧——！」

「姊姊又來了，每次都像這樣立刻得意起來……真可愛。」

一稱讚正經關懷自己的黑塔洛，不知為何卻是咪咪挺起胸膛趾高氣昂。而對這樣的咪咪感到困擾的黑塔洛卻又在最後流露真心話。

除了先前抱持的雙胞胎弟妹機能值頗高的疑惑，現在又追加弟妹過度寵愛姊姊的疑慮。這兩點，黑塔洛都可以說跟雷姆有得拼。

咪咪會活得如此悠悠哉哉，黑塔洛的影響肯定不小吧。

與姊弟的會面結束後，昴瞥了一眼手機確認時間。

——離白鯨出現的時間，還剩下十二個小時。

才走了一半的距離，抵達目的地會是在決戰前五個鐘頭吧。

「到了大樹，得進行作戰的最終確認。……畢竟我的走位應對帶給周遭的混亂大概會是超強絕倫的啊。」

「這次雷姆也不會到前線，而是待在昴身邊。——因為不想再嚐到沃爾加姆那時候的後悔了。」
昴的自言自語，讓雷姆的雙眼燃起平靜的決心。
「其實雷姆很反對。用魔女的遺香來吸引白鯨，怎麼想都太過危險了……首先，氣味是從昴身上散發的。」
「能用的東西就要盡量利用。假如這樣勝率能提升個小數點的話，就算賺到。什麼都比不上人的我，不這樣的話，就沒法拉回落後的部分。」
「昴明明就很棒。」
雖然昴道出自己的覺悟，但只有這點，雷姆頑固地不肯退讓。
背過臉像鬧脾氣的舉動，流露出鮮少展露的感情。對此昴浮現溫柔過頭的苦笑。
雷姆的態度有了顯著的變化，在這半天來昴已十二萬分地感受到。
在魔獸騷動事件後，一直以為雷姆早已對昴敞開心房。但是真正的心意相通，其實是在前一天。
推動停止的時間。雷姆所說的話，其實再正確不過。
正因如此——
「我想贏。」
昴小聲地道出希望。
著眼現狀，事情順利進展到在之前的輪迴根本無法想像的地步。

先前不管怎麼控訴都沒人理會的要求，現在都被採納接受。原本一定會決裂的庫珥修陣營，現在也關係良好到締結同盟。和雷姆的關係也是，雖說昴裸陳自己的羞恥內心，但也很自傲強化了羈絆。

不過另一方面，踏上超乎以往的危險路線也是事實。

白鯨的威脅，如今依舊鮮明地烙印在曾親眼目擊的昴心中。

連雷姆這樣的戰力都不被放在眼裡，用稱不上是攻擊的一記擺尾就能將龍車灰飛煙滅的龐大身軀，張開的嘴巴將地龍連同大地生吞，像石臼的兇惡牙齒磨爛血肉時的淒厲慘叫彷彿還在耳邊。

光是想到要和那樣的怪物面對面，就止不住手腳的顫抖。

但是，每當昴的內心朝軟弱傾斜時——

「————」

身旁的雷姆就會盯著昴，像要洞穿自己的心。

只要這樣，昴的心就會忘記膽怯般熊熊燃燒。

雷姆眼前，不允許軟弱到無可救藥的菜月・昴存在。

「雖然知道單靠覺悟，什麼也不會改變……」

雖說放棄消極，但事態並沒有戲劇化地好轉。

未來走向更危險的路線，而且還是在沒法說是做足萬全準備的狀況下。

昴能做的，就只有在有限的時間中找來認為最妥善的人員，之後把一切全都扔給她們解決。

儘管如此，庫珥修她們卻沒有再向昴要求更多，也沒有鄙視昴為幫不上忙的累贅。

僅不過是，每一次都拼命去完成那個當下，自己可以辦到的事。

昴能辦到的事的範圍很窄，所以至少要確實掌握住範圍的大小，然後必須思考在狹窄的範圍中，自己能做什麼。

「也就是，跟平常一樣。雖是理所當然。」

「怎麼著，小哥。——那是有所覺悟的表情咧。」

突然與龍車並鄰的里卡德邊看昴邊笑著這樣說。

瞪了一眼扛著大砍刀的犬獸人，昴逞強地彎曲嘴角。

「就是啊。雖然慢了點，不過已經痛下決心了。有所覺悟的我很厲害喲？畢竟，我就算死也不放棄未來。」

「又是這麼豪氣的話！大小姐在的話會很高興滴！果然小哥很適合當大小姐的朋友！」

「要不是立場的關係，握個手倒也不壞啦。……哦，不過要是想和安娜塔西亞交朋友，會有個麻煩的傢伙在。」

一想到安娜塔西亞，就會連帶想起站在她身旁的美男子。

被由里烏斯在練兵場打得慘不忍睹，感覺是很久以前的事了。體感時間是幾個禮拜，現實時間才過五天而已吧。

聽到昴這麼說，里卡德露出大嘴難以隱藏的笑意。

從他的反應和戲謔的眼神來看，他應該也聽說了昴犯下的醜態。自然的，像嘔氣的感傷讓昴別過臉。

「想笑就盡情爆笑吧。我現在也有自覺那時候的我太不懂得看氣氛了。」

「嗯系嗯系！偶笑的是另一件事。算啦，到時你自己就會知道咧，在這邊拆穿就太不識趣咧！」

自顧自解釋的里卡德邊摸自己的鬃毛邊切割話題。話中有話的態度叫人在意，不過問了也不會得到答案吧。

「對了，出發時我就一直想問了。」

「哦，儘管問。偶跟小哥是什麼交情！只要不是大事就儘管說！如果是大事的話就要看錢咧，錢！」

「這邊證明了你也是卡拉拉基人呀。……你們騎的那個，像是大型犬的生物，很帥耶。」

指著大聲嚷嚷的里卡德臀部底下、被獸人騎乘的生物，昴雖然猶豫著這樣說是否恰當，但還是問出口了。

里卡德等「鐵之牙」一行的騎獸不是地龍，而是完全不同的生物。

用大型犬已經是最貼近的表達了吧。可是從體格來看是大型肉食動物——足以和原本世界的獅子、老虎匹敵，速度和體力也不輸地龍。

聽到昴的話，里卡德滿臉理解，並拍打騎獸的背。

「因為這裡很少看到吧。這個，是叫做萊卡的生物。跟這邊的地龍一樣，在卡拉拉基很受重視。不過因為在搶地盤的關係，所以嚴格禁止在露格尼卡和其他國家繁殖，因此數量很少。」

「萊卡……」

乍看之下，以昴的經驗來說會覺得看起來像是沃爾加姆的亞種。所幸頭部沒看到角，臉型跟魔獸相比很明顯的可愛許多。

假如說魔獸的臉長得像狼，那萊卡就是像狗。

只不過，這種超大型狗，被犬型獸人里卡德跨坐騎乘——

「畫面給人的感覺很怪異，你自己不會覺得哪裡不對勁嗎？」

「有時候會被人這樣說，不過沒差。偶們自己是把獸人和動物分得很清楚……啊，有些傢伙被講到就會生氣，要小心咧。偶是不會在意啦。」

「不，我也是想看你的反應才問的，所以得跟你道歉。對不起。」

「嘎哈哈，真有禮貌！」

裸露牙齒大笑的里卡德，接著用力撫摸萊卡的頸項。

萊卡對主人的行動毫無反應，但默默搖晃主人的姿態確實有著像狗一樣的忠誠心。即使尺寸不同，也不失狗的特質。

「萊卡在馬力上輸地龍，但相對的身輕如燕。當消滅鯨魚成了亂戰後，就是偶們獨霸戰場囉，看著唄。」

「馬力啊。就算龍和狗很普通常見，但要形容動物的力量果然就會這麼說呢。……這麼一講，都沒看到馬呢。」

有喔。曾聽愛蜜莉雅親口這麼說。但是，直到目前都還不曾看過，就這點而言，馬的普及率好像相當低。

然後昴指向後方、行軍的討伐隊後頭。

「因為有馬力差，才會像雪橇犬那樣一大批狗拉一輛車嗎？這樣可能還沒上戰場狗就先累了，搬運方面交給龍車不就好了嗎？」

「自己的行李好歹要自己管好。還有放心唄。拉貨車的萊卡原本就是鍛鍊成拉車用的。寵牠們是題外話啦，不過要是以為只有白鯨是敵人，那遲早栽跟頭滴。」

昴心驚，拼命忍住不讓內心的動搖表現在臉上。

而另一方面里卡德絲毫不覺昴的驚訝。

「有可能路上會被盜賊絆住腳步咧。在別的地方花時間而趕不上的話就太討厭囉。所以，至少行李要自己照顧啦。」

「……要攻擊武裝到這麼完備的傭兵也是要有勇氣的，應該不會有盜賊這麼笨送上門吧。假如送上門卻沒勇氣，那就單純是繞個圈自殺。」

「就是唆咩！」

聽昴這麼說後里卡德哈哈大笑，然後朝他舉手遠離龍車。後來就看牠驅使騎獸跑到前頭，跟周圍的人嘰嘰喳喳地講話。

「里卡德大人似乎是為了緩解大家在戰前的緊張，所以才這樣找話聊。」

「──────」

目送遠去的里卡德，雷姆悄悄地對昴這麼說。

這時才知道那是大塊頭獸人的體貼，被提醒的昴苦笑。

「我應該已經做好覺悟啦……」

就年長者來看，還不成火候吧。

即將與白鯨一戰──而就算跨過了最大的那一關，也仍有難關正等在前頭。

「要成為英雄……雖然這麼說，但英雄之路有夠險惡。」

用雷姆聽不見的聲音小聲地說，不過臉頰上卻做出笑容。

必須做的事和想做的事一致，又有支援自己、推自己一把的人。──場面就是這麼值得挑戰。

在不可避免的戰鬥前，自己的戰意已準備萬全。

「──來吧，拼個勝負吧，命運之神。」

2

很幸運的，討伐隊沒遇到什麼麻煩，平安無事地抵達目的地。
抵達是在白鯨出現的五個小時前——皎潔月亮已經冉冉升至決戰的夜空。
討伐隊和事先部署好的先發部隊會合，然後盤點武器物品，以及進行作戰的最終確認。當然，昴也有參與會議，確認完包含各自任務的作戰計畫後，在付諸執行前都是自由活動時間。
而在每個人順著各自的想法打發開戰前的時間中，昴他——
「好——大喔！」
「你很高興呢，昴。」
即使仰望又長又大的樹幹到脖子痛的地步，都還是看不到樹頂。腳踩在把地面撐起、蜿蜒爬行的樹根上，昴難掩興奮地老實說出感想。雷姆微笑著，守望他這副模樣。
「男人就是這種會被又大又強的事物感動的生物。第一次看見地龍時我也很感動，不過大自然真不是蓋的！富魯蓋爾，你做了一件很棒的事。」
邊摸大樹樹幹，昴邊稱讚種下這棵樹的賢者的偉業。
除了種樹以外沒人知道這個偉人還做過什麼，不過只要做過一件能夠名留歷史的偉業就不成問題。富魯蓋爾這名字聽起來也很帥。
「啊，可是樹幹上刻著別人的名字。又不是畢業旅行的學生，就不能有點禮儀嗎，要有禮貌啊。雷姆，雕刻刀借我。」

「就算是昴，做那種事也是會惹人生氣，還會被罵喔。」

看到樹幹上的名字而燃起對抗心的昴，被雷姆溫柔地以正道告誡。接著朝鬧脾氣的昴輕輕一笑，然後仰望大樹。

「白鯨，會出現在這裡啊。」

「是啊，會跑出來的。等時間一到，手機……這個『流星』就會響。」

從口袋掏出手機，手指勾著吊繩朝左右搖晃。昴已經設好鬧鐘，設定成會在白鯨出現的時間點響起。

那是在最終會議共享的情報，其中也含有難以對庫珥修說明的部分。無法闡明事實的罪惡感，要靠做出成果來挽回。昴做好這樣的覺悟，多少有一點將功抵過的意思。

只不過，連對雷姆都不能坦承，是最叫人難受的——

「這個『流星』會通報魔獸的存在……」

「嗯，就是這樣。坦白講，要是沒這個的話，我的價值在這次……」

「——騙人的吧？」

突然被瞇起眼睛的雷姆這麼一說，昴的心臟真的停下來了。吐出不成聲的氣息，心臟遲了一下又再度跳動。

「————」

剛剛，雷姆說了什麼？

是不是聽錯了？這淡淡的期待，被雷姆凝視昴的眼眸給擊碎。

她是帶著確信這麼說的。

「妳、妳在貢瞎米？如果說騙人，那偶是要……」

「用卡拉拉基腔說話，不適合昴喔。」

「不，其實那不可能是騙人的呀。庫珥修他們不都接受了。」

對雷姆，呼嚨蒙混都不管用。即使如此，昴還是要貫徹謊言。

要是事實被揭開，毫無疑問會換來事態惡化。謊言的事要是曝光，那昴告訴庫珥修他們的事就不合邏輯了。而為了符合邏輯，除了說明「死亡回歸」外別無他法。

當然，在「魔女」訂下的禁忌中，「死亡回歸」是不可以向任何人說明的能力。

更何況現在魔女的手掌已經狠毒進化到會捏爛愛蜜莉雅的心臟。若是會發生同樣的刑罰，那雷姆也會是被害者。

——因此絕對不能讓雷姆知道事實。

可是雷姆卻對找藉口的昴搖搖頭，說：

「庫珥修大人他們只是判斷昴沒必要說謊。為了這種事說謊，不只跟庫珥修大人，還會跟安娜塔西亞大人以及拉賽爾大人在內的商人工會為敵。因此做這種吃力不討好的事沒有意義。」

「那是……」

無法否認的事實。

在同盟的談判現場，庫珥修其實大可以駁斥、拆卸昴的拙劣理論武裝。拉賽爾和安娜塔西亞這兩名習慣談判的人也一樣。

但他們對可疑之處睜隻眼閉隻眼，還接受談判結果，不是出自於對昴的信賴，而是考慮狀況下只能這麼判斷。

因為那場談判，地點和人員都是由昴安排。昴沒必要欺瞞他們。當然，讓他們這麼想的盤算也是昴所張設的保險之一。

只不過那是成立在薄冰上、利害關係一致的狀況。

昴藉由貫徹「謊言」，初次成就出虛偽的信賴。而若是能伴隨成果，那謊言就成了今後永遠沒必要闡明的謊言。

可是，對雷姆來說不同。

雷姆的立場現在也沒有改變，一樣是昴的同伴。昴也萬分了解現在在這個異世界，最親密對待自己的人是雷姆。

而一直對雷姆說謊，跟欺騙庫珥修他們的意義完全不同。被察覺到說謊，給人的印象會完全不同。

不用跟庫珥修他們闡明，是因為利害關係一致。

不跟雷姆闡明，是因為不信任雷姆——會被這麼想也是無可奈何。

因為就算會被這麼想，也絕對不可以闡明事實。

「雷姆，我……」

「沒關係的，昴。」

「咦？」

用粉飾的話語來守護雷姆吧。昴這麼策劃。

但是，卻被嘴角漾著微笑、搖頭的雷姆給拒絕。

雷姆朝著因驚訝而目瞪口呆的昴投以真摯的眼神。

「雷姆好歹看得出來昴在說謊。因為雷姆一直、一直看著昴。」

雷姆靦腆羞怯地笑，然後手指貼著嘴唇佯裝開玩笑。

接著又把手指指向昴。

「也知道昴說謊的理由不能告訴別人。不過既然不能說，就用不著顧慮雷姆喲？」

「————」

「因為雷姆完全相信昴。」

在富魯蓋爾大樹的根部，風兒穿過面對面的兩人之間。

手輕貼胸膛，雷姆在默不作聲的昴面前宣告。

「既然昴說知道白鯨出現的地點，那雷姆就相信。既然昴說魔女教盯上愛蜜莉雅大人他們，那雷姆也相信。假如昴說月亮會掉下來，這個國家會滅亡，雷姆都會相信。」

「……是不會說到那種地步啦。」

「是的，就是這樣。不過，只有這點雷姆很認真。」

笑容消失，雷姆接著用認真無比的眼神凝視昴。

然後，靜靜地彎腰，雙手捏著裙擺行禮。

「此身此心，全都醉心於昴。——因此雷姆不論是現在還是未來，都絕對不會懷疑昴。」

「——」

「因此，讓雷姆相信你，讓雷姆完全接受謊言——昴完全沒必要這樣逼迫自己。」

喉頭哽咽，熱淚上湧。但昴在千鈞一髮之際忍住。

按著眼角把臉往上抬，顫抖的嘴巴張得老大。

「啊——！果然一看到霹靂無敵大的樹情緒就會高漲呢——！」

「是的，就是這樣。」

「這樣有好一陣子，不抬頭看著樹上面心情就沒辦法穩定呢——。雖然完全沒有其他理由，但暫時都沒法看下面了——」

「是的，就是這樣。」

怕淚水滾落，昴邊虛張聲勢邊抬著臉持續往上看。

昴這樣的脆弱逞強，被雷姆溫柔慈愛地包覆，沒有揭露。

剛剛，昴又重新理解到自己真的有夠蠢。

——一開始向雷姆坦白一切就好了。

雖然不能坦白所有，但要是告訴她會發生的慘劇的話，昂就用不著重複兩、三次悲劇了。因為不能說明理由，說了也不會被相信，因此昂才會決定一個人自己硬幹，於是就是重複失敗。

可是，雷姆不一樣。

她不要求說明。就算不說，她也相信昂。

就像現在這樣，原諒、疼惜不能訴說真相的昂。

「像這種時候，與其說對不起，更該說謝謝呢。」

拼命守住淚腺堤防，昂總算重新面向雷姆。

聽到昂的回答，雷姆笑容滿面地點頭。

「不客氣喲。而且雷姆一直一——直都很感謝昂，所以平手了。」

「老實說，我給雷姆的回報總是輕而易舉地被妳加倍回報了呢，就我自己的感覺啦。」

「沒那回事喲。」

微微低頭，雷姆否定昂的話。

「其實，雷姆知道說這種話只會讓昂難受，可是卻還是說出來了。這是出自於雷姆的任性。」

「我不這麼想就是了。畢竟有所隱瞞的壞人是我。」

「不過，任性就是任性。所以說，對不起。」

話語中帶了自嘲，但抬起頭的雷姆表情卻很開朗。那矛盾的模樣讓昴退縮。開心地看著他那樣，雷姆傾斜自己的小腦袋。

「雷姆希望能夠稍微幫忙昴負荷背著的行李。要是不能擔任這樣的存在，那雷姆現在一定會悲傷得難以忍受。」

「我……」

雷姆覺悟的程度，思慕的長度，現在也像這樣傳達過來。

背靠著大樹樹幹，昴深呼吸一次。

蓄積將湧上胸口的溫暖心情直接化為語言的勇氣——

「我——喜歡愛蜜莉雅喔。」

「是。」

曾和雷姆說過的話。

明知那會深深傷害、折磨她，但昴還是說出口了。

不過——

「可是，」

「——」

「可是，跟妳在一起，我的心就會熱起來。……妳可以認為我是個很過份的人。」

這話實在是自私至極。

但是，卻是昴真真切切的心情。

即使知道無法回應雷姆的心情，但心靈會這麼溫暖，都是多虧了她的話。

呼──。雷姆吐出一口熱氣。

「真的，昴是很過份的人。」

「……我知道。」

「騙你的。雷姆愛你。」

「我……知道啦。」

她的心情再度清晰地化作言語，讓昴一口氣紅了整張臉。

如果不是晚上，這份羞紅會很醒目吧。昴為了隱藏紅通通的臉而背過身，離開樹幹往前走。

「差不多該回去了。白鯨就快出來了，身心都得確實做好準備。」

在經過雷姆身旁時，握住她懸空的右手。

「啊。」被握住手的雷姆輕叫出聲，不過她立刻配合昴的快步，並且以惡作劇的目光凝視不看自己的少年的側臉。

「昴。」

「……幹嘛？」

「雷姆不介意當二房喔。」

讓人忍不住停下腳步的話。

昴不禁看向她，雷姆正一臉親人幼犬的表情，搖著尾巴等待昴的回答。

啊啊，真是的，這名少女到底有多麼——

「如果愛蜜莉雅醬願意一夫多妻的話。」

「那麼，回去後就得說服愛蜜莉雅大人了。雷姆會加油的。」

沒被昴握住的手用力握拳，雷姆幹勁十足，說完還笑了。

玩笑話緩解了緊張，昴清晰地自覺，自己敵不過的她就是自身的弱點。

愛蜜莉雅也好，雷姆也好，在這種場面，男人都敵不過女人。

但弱點跟至今的不一樣。只有承認這點不覺得討厭。

3

——決戰時刻逼近，大樹周圍繃著一股戰場獨有的緊張感。

輪班用餐和假寐後，聚集到戰鬥區域的討伐隊狀態絕佳。服從騎兵的地龍和萊卡，現在各個鼻子噴氣等待發號施令。

屏氣凝神，沉靜心靈，全軍靜靜等待時刻到來。

魯法斯街道的夜空因為今晚風強，所以雲朵流動的速度很快。

每次月光被雲遮蔽，就會有人往上看，看是不是白鯨正泅游在空中。光看這舉動，就知道警戒正支配大家的心。

「離指定時間，就剩一下子了。」

平靜低語的庫珥修，用眼角捕捉站在身旁輕輕點頭的菲莉絲。

長年服侍庫珥修，總是不失風趣詼諧的菲莉絲，現在也毫無從容扯他的嘴皮子。

並不是被繃緊的緊張給吞沒。

菲莉絲理解自己的任務——在討伐隊裡擔任生命線，並下定決心貫徹這項職務。

事實上，根據菲莉絲的活躍程度，這場戰鬥的最終勝利者的數量會有所改變。

庫珥修相信自己的陣營會獲勝。

但她還沒有自戀到認為可以毫無犧牲就消滅白鯨。可是，能夠減少必要的犧牲數量，她有著這麼想的自信。

這份自信，來自於她對自己的騎士菲莉絲的信賴。雖說這是否應該稱為自信，在這點上還帶了些疑問。

「————」

正面，站在討伐隊最前面的是持劍的威爾海姆。

老劍士的腰部配了六把劍，雙手拿了其中兩把，維持能夠立刻往前衝的姿勢。

纏繞劍鬼的平穩劍氣已臻銳利切膚的領域，只為迎接悲願時刻的瞬間而洗鍊至此。

劍鬼純粹的生存方式，令庫珥修不得不懷有不符場合的感慨。

原來人可以保持靈魂純潔到這種地步。

希望有朝一日，自己也能到達那領域。庫珥修由衷地這麼想。

「────」

排在威爾海姆後方，表情各自充滿覺悟的討伐隊勇士士氣也很高昂。

遵從庫珥修的命令，等待白鯨的他們其實內心還存有疑慮吧。他們完全沒有時間與預告白鯨出現的最大情報源頭昴構築信賴關係。

即使如此他們沒有異議、依舊服從，是尊重庫珥修的判斷。自己有回應這份信賴的義務，庫珥修這麼強烈自覺。

「────」

時刻接近，暢快的戰意逐漸煎熬庫珥修的內心。

庫珥修手觸寶劍劍柄，確認那兒的「獅子」家紋雕刻的觸感。這是自幼就有的習慣，也是朝自己灌注覺悟的魔法。

「────」

非戰勝不可。

感受著身旁的菲莉絲，以及指尖傳來的「獅子王」的遺志。

僅是如此，不管與多強大的對手為敵，自己都能應戰。

然後──

「──唔！」

突然，那聲音響徹沉入暗夜的魯法斯平原。

清脆又連續的聲響振動耳膜，遲了一下子才察覺那是音樂。

看向聲音來源，就看到手拿發光的「流星」的昴。他手上的「流星」正在流洩吵鬧的音樂。

就是昴說的，告知時刻到來的信號。

「全員警戒──！」

庫珥修一吆喝，討伐隊就整齊擺開架式。

根據昴所說，「流星」通知後過幾十秒，白鯨就會出現。

如果相信他的話，就算現在這瞬間，那副巨大身軀開始在空中游泳也不會不可思議。地點也是，既然有「流星」的通知，那就是這裡無誤。

可疑之處還有很多，但昴沒有理由去生出那些疑慮。撇去疑慮和疑心後，庫珥修集中精神，同時靜待魔獸。

可是。

「────」

在寂靜中，始終感受不到強大魔獸現身的氣息。

掃興──這種說法不正確，但過了一分鐘都毫無變化的戰場，讓庫珥修難得產生動搖。

是情報有誤，還是設想有誤？到底是哪邊出了問題？

落在魯法斯街道的寧靜依舊，周圍的景色也看不到一絲敵人的影子。

現在月光也被雲遮住，黑暗巨大的影子正籠罩平原——

「——呃。」

仰望後，庫珥修立刻詛咒自己的膚淺思考。

月光消失，平原上卻投下影子。

遮住月光的雲霞緩緩降低高度，逼近眼前。

——那不是雲霞。

那是莫大的魚影、飄在空中的魔獸。

庫珥修屏息的同時，討伐隊幾乎所有人也都理解到同一件事。然後全員的意思被統一，視線全朝向庫珥修。

——先發攻擊。他們正等待這命令。

掌握制敵先機，成功搶在白鯨出現的當頭做好準備。

再來就是按步驟發動奇襲，支配這戰場而已。

「————」

吸一口氣，庫珥修決心要發佈第一道號令。

白鯨尚未察覺到矮小的士兵存在。

扭動巨大頭部左顧右盼的白鯨，動作簡直就像在確認自己現在身在何處。而這樣的舉動毫無警戒，渾身上下都是空隙——

看牠那樣子，庫珥修下定決心。

「——全軍……」

總攻擊！本來想接著這麼說。

「——打爆牠!!」

「——亞爾・修瑪!!」

昴跳過庫珥修發號施令，於此同時，瑪那在詠唱魔法下展開。

世界結凍的聲音響起，生出密度驚人的強大冰柱。每一根的尺寸都足以和豪宅的樑柱相匹敵，而且有四根。四根冰柱以超高速射出，劃破空氣直擊白鯨胴體，魔獸遲了一拍才慘叫，並朝大地灑下鮮血。

連忙看過去，共乘地龍的昴和雷姆已經打頭陣往前衝。

抱著雷姆的腰的昴舉起拳頭，以魔法先發攻擊的雷姆臉上的滿意表情似在述說自己盡到了職責。

兩人搶先一步——這樣的搶功行為讓討伐隊動搖。

看著偷跑的兩人，庫珥修無法壓抑自己的嘴巴大幅歪曲。

不是生氣。而是因為笑。

「全軍，跟著那兩個笨蛋!!」

庫珥修的號令消除動搖，討伐隊的人們反射性地展開攻擊。

粉塵飛揚，接著白鯨的高亢慘叫聲再度於魯法斯街道的夜空中迴響。

──白鯨攻略戰，在準備妥當下開始了。

4

「除風加持」的效果，不管品嚐幾次都覺得不自然。會這麼想也是難怪。

震動、風、姿勢，原本應該會受到影響的要素全都沒了的現象。

直接跨坐在急馳的地龍背上，昴抱著雷姆的腰，凝神細看。舔舔開始乾渴的嘴唇，邊濕潤邊屏息。

手機鬧鐘按照時間準時響起，接著白鯨出現在昏暗的平原上。

劃開空氣，從影子匍匐而出。只能這樣形容巨大身軀的出現。讓人感受恐怖根源的龐大身軀，讓生命曾被威脅過的記憶反芻，使昴的膽量瑟縮。

看看周圍，跟昴一樣察覺到白鯨的討伐隊開始緊張。按照步驟本來是要聽庫珥修發號施令，然後大夥一起攻擊。

但是，在那些微的剎那，就連那樣的庫珥修也會為之屏息的，白鯨的威壓感。

那是很容易變成致命失策、瀕臨極限狀態的戰鬥恐懼。

因此，昴拍了眼前的肩膀。

「——打爆牠!!」

「——亞爾・修瑪!!」

庫珥修氣才吐到一半，昴就吶喊，拉開了戰鬥的序幕。

回應昴的吆喝，凝聚的龐大瑪那藉由雷姆給予方向性。生出的四根兇惡冰槍毫不留情地以銳利尖端插進飄在空中的白鯨下腹部。

劇烈地撞擊宛如岩石的肌膚，響起冰塊碎散的聲音。但是，在碎裂擴展至冰槍整體之前，貫穿的威力突破了白鯨的厚重皮膚防線——鮮血噴灑在平原上。

白鯨的慘叫響徹平原。雖然品嚐到讓耳膜發麻的大氣震動，但載著昴和雷姆的漆黑地龍無所畏懼地朝前奔馳。

——坦白講，這絕不是昴他們偷跑。

白鯨出現的瞬間，討伐隊裡產生剎那的空白。

若不能在那一瞬間行動，這次的先發攻擊可能就不成立。

那個空白就是分水嶺。而且，些微的猶豫會劃分生死。儘管知道這點，但就連像庫珥修這樣的豪傑，在白鯨的威容面前依舊屏息。
即使對白鯨的出現帶有一半的確信，但目睹到實物依舊在人心裡頭掀起漣漪。漣漪會在思考中生出些微的偏斜，偏斜會生出停滯，而停滯會招致敗北。
要真是那樣，戰鬥就會在我方不利的情況下開始。
——要說昴和庫珥修在那一瞬間的差別在哪，答案是愛。
對昴和「流星」的信賴——庫珥修的判斷會慢半拍，除了沒法打從心底相信以外別無其他。即使心情上相信，為政者的態度讓她忘不了懷疑。
但是，雷姆對於昴的話、白鯨會在這瞬間現身的發言，絲毫沒有一絲懷疑。因此雷姆可以配合昴指示的時間，準備自己所擁有的最強火力魔法，在魔獸出現的同時就施展並攻擊。
那樣的結果如果不說是雷姆的愛取勝，那要叫什麼？
「一分析起來就覺得超害羞——！」
「昴，請再抱緊一點。會摔下去的！」
開啟戰端的人是自己。如此分析的昴被手握地龍轡繩的雷姆叫喊。她指的是作戰的一部份——先發攻擊開始後的第二階段。
「全軍——跟著那兩個笨蛋!!」
背後是比化做風的昴他們慢了半瞬間，才遵從庫珥修號令的討伐隊。他們紛紛在砲筒上點火——在像大砲的砲筒裡塞了魔礦石當作砲彈，點火後射出的魔石砲。

統一的砲擊發出轟然巨響，砲彈帶著破壞力蹂躪白鯨的身體。

命中的瞬間，被灌進魔礦石的瑪那會轉換成相對應的屬性魔力。火炎，冰塊，光芒，拓寬雷姆製造的傷口，讓街道降下黝黑的血雨。

鮮血像濛濛細雨降下的期間，昴他們的地龍以敏捷的動作跑一大圈繞到白鯨背後。是會議上講好的行動。

「讓白鯨意識到我的存在，跑來跑去好讓牠背對討伐隊——！」

「天空！『驅夜』要來了！請閉上眼睛!!」

進入戰鬥狀態、額頭上冒出純白之角的雷姆看著頭上大喊。

昴連忙按照她的指示，低下頭閉上眼睛——緊接著，世界眨眼。

白光在空中爆發，夜晚的世界在一瞬間被白色光輝燒盡。

光芒強烈到甚至可以穿透閉上的眼皮侵犯視神經，讓昴吃驚到發不出聲音。

然後過了幾秒才畏畏縮縮睜開眼皮，面前是——

「嗚喔喔！就跟聽說的一樣，厲害！」

夜晚的氣息已經完全離開魯法斯街道。

在這幾秒間發生了某件事，使得世界晝夜顛倒，白晝的光芒照耀平原。

頭上代替已經西沉的太陽綻放光芒的，是另外發射的特殊魔石，因具備的效果而被稱為「驅夜」。其效果本來只是將被灌注的瑪那化為光體，照耀昏暗而已。

「充分利用那傢伙的財力買得像小山高，結果製造出擬態太陽了。」

「畢竟讓白鯨潛入夜晚就難以捕捉。——來，接下來才要開始！」

在王都屈指可數的兩大商人攜手合作，四處奔波所收集到的魔石發揮出本領。範圍是大樹一帶，限制時間為將近一小時——用於結束決戰已十分充分。

浮在失去黑夜的平原天空上、清晰可見的巨軀。那是——

「那是……！」

至今從未清晰確認過的白鯨，其姿態就被曝曬在日光下。

「喔吼吼————！」

似乎因為被拉出夜空而激動，白鯨震動巨軀咆哮。

發出的轟然巨響已經不是噪音的程度，而是近似破壞行為。兇狠的吶喊使大氣鳴動，連被訓練過的地龍都因本能而畏懼。

明明全身鮮血淋漓，游動的姿態卻不見負傷的影響。白鯨在平原空中轉動脖子，悠哉地俯視挑戰自己的渺小人類。

「有夠大隻的……」

吐出的聲音在顫抖，昴無法遏止手腳沒法動彈、像麻痺的感覺。

至今昴所見、所觸、所憎恨，名為「白鯨」之存在的威脅，那樣的存在也不過只是其中的一小部份而已，在看見全貌後才頭一次理解到這點。

白鯨──會被稱作這樣的名字，是因為這魔獸渾身雪白。

宛如岩盤長著倒刺的肌膚，整齊地長滿無數白色體毛。從下腹部伸出來的胸鰭形狀就如死神的鐮刀，小了一圈的背鰭和尾鰭形狀也相同。

頭部和側腹有無數的凹坑，凹坑會像呼吸一樣重複開合。

除去這些醜惡的差異的話，白鯨的姿態就酷似昴印象中的鯨魚。──只不過，其大小背叛了想像，比預料中的再大一倍。

就昴所知，世界最大的鯨魚藍鯨──全長約三十公尺左右，被稱之為地球上最大的哺乳類。

可是遠觀就能看見的白鯨身軀輕易超越三十公尺，規模逼近到五十公尺吧。那龐大的軀體與其說是生物，更像是一座山。

一座白色岩山，像是某種玩笑話似的，在空中自在悠游。

「昴。」

牙齒沒法咬合，現在也快要發抖的昴被叫喚。

那是背對自己、嬌小身軀的腰部被昴抱住的雷姆的聲音。近在眼前、連呼吸都聽得見的距離下，她沒有回頭，而是直接問昴。

「害怕嗎？」

不是挑釁，是在呼喚信賴。

用力咬牙後，昴強迫嘴巴扭曲。

「嗯，害怕呀。──害怕打倒那傢伙而被大家稱讚、我未來璀璨奪目的樣子！」

耍嘴皮子回應雷姆的期待後，昴從後方拍她肩膀。

「我的命全都交出去了！來，盡量逃得團團轉吧！」

「雷姆的命也是昴的。──那麼，就這麼辦吧。」

聽昴下定決心、勇敢宣告逃跑，微笑的雷姆用力抽響韁繩。漆黑的地龍嘶鳴，毫不畏懼白鯨這異形，直接踹擊大地。

斜斜衝向正面面對自己的白鯨右下方，目標是繞到牠尾巴。

白鯨轉動巨大眼珠，看向脫離討伐隊逼近自己的昴他們。牠張開可以吞下一整輛大型龍車的下顎，露出整排牙齒的嘴巴準備發出咆哮。

即將會有伴隨破壞的聲音洗禮。預感到會這樣的昴夾緊地龍做好準備。

而頭上──

「敢看別的地方，我還真是被小看了啊──!!」

英勇女傑出聲，下一秒，白鯨的頭部被淺淺砍出一條線。像在撫摸堅硬岩肌、看不見出招的斬擊，使白鯨的巨體再度噴出血。

回過頭，昴的視線拋向發出斬擊的方位，看到跑在後方前頭的白色地龍──站在地龍背上，做出已經揮完劍姿勢的庫珥修。但她的手上……

「什麼都沒拿……!?」

「無視射程的無形之劍——百人一太刀，是庫珥修大人的知名劍技。」

察覺昴的驚愕，雷姆低聲回答。

雷姆說的庫珥修逸事，昴是第一次聽到，但光看字面意思就能察覺：看起來赤手空拳的庫珥修，其戰鬥力具備了名實相符的本領。

被肉眼看不到的斬擊瓦解了攻勢，行動停滯的白鯨接著被追擊。

魔石砲再度運作，集中火力朝白鯨的巨軀接連噴射，累積傷害，在空中扭動的魔獸高度慢慢下降。

原本和雲一樣高的白鯨，降到不需抬頭往正上方看的位置——

「是刀劍可以碰到的距離。」

一頭地龍蹬地跳躍，用不合身軀的輕盈躍上空中。

儘管如此，跟以碩大自豪的白鯨相比，質量有如雲泥之別。飛躍在鼻尖前的地龍之姿，對白鯨來說就跟小蟲無異吧。

——筆直衝過去的劍閃，在魔獸的鼻頭上留下深深的縱向傷痕。

銀閃輕易撕裂白色岩肌的光景，讓砲火震天價響的戰場失去聲音。

那不是靠魔法還是魔石砲，或是沒有實體的刀刃造成的斬擊，而是人手鍛造的鋼鐵經由人手揮動碰到魔獸的證明。

歷經綿長時間的人類決心，確實碰到霧之魔獸的證明。

「——十四年。」

把劍插在破裂鼻頭上的人影，蹲著這麼說。

一手揮劍切割、一手持劍刺入白鯨後維持姿勢，揮甩被魔獸的血弄濕的刀身。鍛鍊結實的背部，迸射出足以扭曲大氣的劍氣。

「我一直夢想著這一天。」

面對直挺挺的身影，白鯨扭動身體，想要把站在頭前的影子甩下去。在空中翻身的白鯨發出呻吟後滾動。

強風刮過街道天空，巨軀游泳的結果令每個人都屏息瞪大雙眼。

但是。

「吼————!!」

畫出半圓的白鯨痛得嚎叫，胡亂甩動尾巴在空中舞蹈。

先前被縱向割開的傷口又再追加一道橫向傷口，在額頭上刻下十字傷痕的影子踩著輕盈腳步踏在白鯨的背上。

——劍鬼露出不祥的笑容，藍色瞳孔閃耀著殺意。

「在這邊墜下，以屍骸示眾吧。——怪物。」

說完，雙手架劍的威爾海姆身體化為一陣風。

他從白鯨的頭部跑向尾巴，雙手的刀刃一路上不忘切割魔獸的岩肌。

輕鬆割開理應堅硬強韌的外皮，奔馳的同時又以黑血彩繪天空的，正是劍鬼本人。

被爬上身的白鯨除了搖晃身體外，沒有其他方法可以對付威爾海姆。因為沒法甩掉身輕如燕衝刺的老劍士，於是白鯨再度掀起颶風在空中側翻。

「刻意幫忙讓我砍殺你，真感激！」

當白鯨的身子在中空翻轉前，威爾海姆輕輕一躍把劍插在腳下。

接著，當場轉一圈的白鯨身體，就被插著的雙劍完美地畫出一輪傷口，變成白鯨主動對刀刃獻上身體。

慘叫，血霧飛舞，半身染上血斑的劍鬼笑了。笑容和老當益壯的身軀邊揮舞雙劍邊墜向巨軀的側面。雙劍揮出V字形，削掉一塊肉，裸露殷紅傷口的斷面。

怒吼劈開天空，白鯨瞄準墜落的劍鬼橫甩尾巴。但是在命中前地龍卻跳起，搶走威爾海姆的身體，鑽縫避開即死的威力。

著地後，地龍立刻再度奔馳。白鯨怒不可遏，打算去追跑走的劍鬼。

「別看東張西望的，白粗！你的對手還有偶們捏!!」

大砍刀一招就直接命中回過頭的白鯨下顎，把白鯨巨大到要人環抱的牙齒從牙床上挖下，發出悶聲後，泛黃的臼齒飛了出去。

就這樣斜斜衝上白鯨臉部的，是跨坐在萊卡上大喊的里卡德。就如他所說的，萊卡比地龍輕，猛犬將其靈敏發揮到淋漓盡致，載著主人躍向天空，跑在白鯨身體上。

「嘿呀喝啊還沒結束咧!!」

里卡德坐在急馳的萊卡上，發出比猛獸更像猛獸的吶喊，揮動大砍刀撕皮挖肉。然後接在迅猛活躍的里卡德之後——

「嘿呀——上囉——!」

「姊姊請不要太前面!各位，就是現在!」

跨坐在小型萊卡上的雙胞胎副團長散開，朝後面的傭兵團發出指令。猛然跳躍的萊卡群爬上白鯨，在落腳處開始蹂躪巨軀。

揮舞劍和長槍給予白鯨傷害的樣子，簡直就像毒蟲在肆虐。

白鯨為了甩掉爬上身的外敵，除了舞動軀體外別無他法。但因為身軀龐大，所以裸露出敏捷度不夠的弱點。而瞄準這點……

「全員離開!!」

庫珥修的號令貫穿戰場，上頭的「鐵之牙」整齊地跳離白鯨身體。所有的萊卡都輕盈著地，被解放的白鯨終於可以反擊，於是大幅迴旋。——但判斷失誤。

「側腹大開——!」

庫珥修自頂上一劈而下的第二次斬擊在白鯨的側面劃下一道斜線。以此一太刀為信號，第三陣營在此參戰。

沒有參與先前的攻擊，一個勁地集中精神詠唱魔法的魔法隊，終於進行攻擊。

「──亞爾・戈亞!!」

多人的詠唱重疊，誕生出火熱的極光。

在天空同時出現太陽和月亮的世界中，低空又生出第二個灼熱加身的太陽。

即使知道那是集結火魔法的火力，但世界被大火焚燒的壯烈叫人離不開目光。直徑超出十公尺的大火球熊熊燃燒，即使位在遠處都覺得肌膚生燙，彷彿要奪光被眼皮保護的眼球水分。

大火球搖曳，有了初速度後──

「嗚喔喔喔！」

初速度再加速度，加速度變成高速，火球命中露出側腹的白鯨身體。

火焰從累積的傷口燒灼體內，內臟被沸騰的白鯨慘叫直衝天際。

碎散的火焰碎片飛散至平原，怕被牽連的傭兵們連忙避難。昴和雷姆也混在這波避難潮中，用目光繼續追擊燒起來的白鯨。

壓倒性的戰果──堪稱單方面虐殺的戰況，是因為奇襲以前所未有的形式成功。繼續下去，說不定自己不用做什麼也能消滅魔獸。

「很有效的感覺呢！這樣子應該可以幹掉牠吧!?」

在火焰的餘波到不了的位置，從地龍的背上看著白鯨的昴用力握拳。

克制白鯨到這種地步，應該有給予一些損傷。

十四年前的大征伐失敗，所以比之前還要警惕，但這次或許可以輕鬆獲勝。

事前準備的策略全都成功，心情高昂到彷彿勝利就在眼前。

但是，聽到昴那麼樂觀的意見——

「不。——原本，是希望靠剛剛的奇襲讓牠落地的。」

搖頭的雷姆遺憾地瞪著冒火的魔獸。

聽到這話，昴瞪大雙眼，然後觀察白鯨的狀況。

魔獸的半邊身體被剛剛的大魔法燒灼，順著體毛延燒的火焰沒有熄滅的跡象。魔石砲和直接攻擊造成的傷害很多，滴血的樣子看起來就覺得痛。

可是。

「高度……沒有下降。」

白鯨依舊位在需要仰望的空中。

雖然不是騎獸的跳躍到不了的高度，但單憑人類挑戰仍困難至極。

更重要的是，魔獸不落地的話，就無法轉移到下個作戰。

「開頭可以出的牌全都出了。這樣都還不掉下來，代表對方光『持久力』這張牌數值就高得驚人。」

肩扛大砍刀，臉上的毛沾著濺血的里卡德來到隔壁。

他邊抽動狗臉上的鼻子，邊抖動尖尖的耳朵。

「感覺普普咧，攻擊沒有到達厚厚的皮膚底下的話就不樂觀。除非像偶一樣靠蠻力，不然要有威爾先生那樣的本事，否則只會越來越糟滴。」

「物理攻擊或許如此，但魔法攻擊看起來蠻有效果的呀？」

「這也很難說。乍看之下是很有效，但那白毛分散了瑪那，削減了威力。雷姆的魔法也不像表面那樣見效。」

雷姆遺憾地道出自己最大火力的魔法其實並不管用。

聽了她的話，昴抬起頭，確實白鯨的肉體有很多處淺傷，不過似乎沒有深刻到讓牠戰鬥力下降的傷勢。但至少——

「就算是剛剛的火魔法，因為燒的是毛，所以沒法看做有效。」

「魔力散開才燒到毛，要是能燒到底下的鯨魚肉就可以做料理咧——很簡單咩。」

聽到昴的推理，里卡德猙獰地裸露牙齒同意。

扛著大砍刀的他拍拍萊卡的背，再度飛奔至最前線。

「就照剛剛同樣的感覺削減牠的體力！也拜託庫珥修小姐朝著重要部位來個大號攻擊唄！」

擅自吩咐完就潛入白鯨底下，再度跳上去攀住身體。

仔細一看，一度拉開距離的威爾海姆也從尾巴接近，打算攀到白鯨上；和昴他們做出同樣結論的討伐隊也迅速地轉移到下一次的行動。

也就是，第二波總攻擊。

「就現狀來說，火力集中在白鯨上，所以我們接近會礙事。雷姆，能像剛剛那樣請牠吃魔法嗎？」

「要跟剛剛同樣規模的話需要詠唱時間，再加上水屬性的魔法瑪那會被分散，無法造成傷害。威力不但低，而且原本火力就不足。」

要是仿效方才里卡德的結論，雷姆也單手拿自己的傢伙晨曦之星至最前線參戰，活用打擊力攻擊白鯨才是正確的選擇吧。

可是，那樣做的話昴就成了枷鎖。說來丟臉，但若要利用昴的體質執行誘餌作戰，雷姆跟昴就不可以分開。

「雖然遺憾，但只能看著其他人行動了……」

「要說焦急不耐煩的話，這邊也一樣喔，喵。」

說話的當下，別的地龍以慢速度和俯瞰戰場的昴的地龍並馳。是跨坐在裝備甲冑的重裝甲地龍上的菲莉絲。

「菲莉醬沒有攻擊手段，基本上只能用看的喲？雖說早就習慣了，但每次都還是會有著急的心情呢喵。」

「這方面，你是專精回復的討伐隊生命線。要是上前線才叫人困擾。只有這個任務務必要做好，拜託了。」

都到這節骨眼了，菲莉絲還是跟平常一樣的調調，於是昴直截了當地叮嚀。聽到這答案，菲莉絲閉上一隻眼睛。

「呼～嗯。真的，僅僅一天就改變很多呢喵。到底發生啥事了？」

「要說的話，就是變成稍微好一點的男人吧。」

邊用目光掃視變化不定的戰況，昴咀嚼苦澀心情後，用撲克臉回答。

昴的態度，讓菲莉絲意有所指地戳著臉頰說：

「該不會，是雷姆醬讓昴啾變成男人了喵？」

答案是Yes，但也是No。

身在戰場還發揮下流本色的菲莉絲，讓昴氣到想破口大罵要他閉嘴。

但是，卻被雷姆的叫聲、危急的聲響給打斷。

「威爾海姆大人他——！」

視線連忙朝雷姆看的方位對過去，就看到跑在白鯨背部的老劍士。

持劍刺背、奔馳的威爾海姆縱向切割白鯨的胴體。要追隨慢一點才像噴泉噴出的鮮血，方能看到從尾巴朝背脊急速奔走的威爾海姆。

宛如鬼神的活躍，講的就是現在的威爾海姆。

劍鬼那跳脫常軌的劍技，讓仰望的討伐隊士氣爆發性提升。魔石砲的連射速度，以及傭兵團和騎龍隊的集體攻勢都大增。

耐不住苦痛，在空中扭身的白鯨對討伐隊的攻擊完全無法招架。

霧之魔獸——四百年來持續折磨世界的災厄的可悲樣貌，讓昴確信風向完全往自己這邊吹。

「看——招——！」

氣勢磅礴的一閃，威爾海姆的劍擊拉出血線到白鯨的頭部，老邁的身軀順從速度從巨軀的前端一躍而下。在空中旋轉身子，頭上腳下的老人——

「嘿噫呀！」

來自正下方，時間點抓得剛好的大砍刀直逼而來。以刀背迎擊的大砍刀瞄準墜落的威爾海姆，劍鬼的雙腳踩上迫近的砍刀。

「去——!!」

靠著里卡德的臂力，加上威爾海姆的跳躍力，劍鬼宛如子彈飛出。

射出去的威爾海姆揮舞雙劍，在白鯨的臉上瘋狂斬擊。從鼻子砍向臉頰，最後朝著巨大的眼睛使出突刺。

「吼———!!」

雙劍深深埋入白鯨的左眼，只留護手在外。水晶體從被破壞的眼球中流出。

威爾海姆立刻放棄插進去的劍，新抽出兩把刀刃接著就是一閃——來自左右的斬擊將眼球分裂成上下兩部位，翻轉的劍刃又繼續生出縱向的傷口。

結果，白鯨的左眼被切成四塊，脫落。

「眼睛掉下來了——！」

被四記斬擊挖掘，白鯨的左眼跟著威爾海姆自然落下——

某人的叫喊化為現實，噴灑血液和體液的眼球用力撞擊地面，爆裂開來。

而威爾海姆就在旁邊著地。劍鬼直接把劍插進不成原形的眼球，舉起來像是要給白鯨剩下的右眼看。

「——真難看。」

翹起嘴角，以悽慘的笑容耀武揚威。

在劍鬼壯烈無比的戰鬥下，被玩弄的白鯨只能束手無策。

其戰鬥力差距，絲毫不被壓倒性的軀體差距影響。

失去一隻眼睛後，白鯨或許也終於接受了這個事實。

「白鯨眼睛的顏色……！」

「要來了!!」

「昴，請低下頭——!!」

昴察覺到變化的瞬間，菲莉絲大叫，雷姆督促地龍加速。

因為曾經停下來，因此「除風加持」的效果中斷。昴抓緊雷姆好忍住強風和搖晃，並試圖朝頭上的白鯨看過去。

在視野裡的白鯨，樣子丕變。

「吼——!!」

發出咆哮，單眼被挖的憤怒讓魔獸剩下的眼睛被染為鮮紅。

化為血色的目光，直刺想要保持距離而退後的討伐隊。緊接著，白鯨在憎恨和憤怒下渾身顫抖，然後肉體產生變化。

——變化開始的瞬間，昴無法壓抑言語難以形容的嫌惡感。

因為白鯨張開嘴巴。

不對，這句話其實不算正確。但要正確傳達事實的話，只能這麼說。

——佈滿白鯨全身的凹坑一齊張開嘴巴，喊出聲音。

「————嗄!!」

彷彿尖叫的聲響，從魔獸全身上下無數的嘴巴中溢出。

無法想像是這世界之物的不協調音，直接用指甲搔刮聽者的精神，從聽覺侵犯並凌辱腦神經。

被害者不僅止於人類。地龍和萊卡這些騎獸，也因本能控訴恐懼而縮起了腳。

這瞬間，自白鯨討伐戰開始以來，最糟糕的無防備支配了討伐隊。

然後。

「……啊。」

從發出媚聲的無數嘴巴，噴出份量驚人的「霧」。

轉瞬間就傾注在平原上，被「驅夜」的效果照耀的世界變成一片白茫。

視野被遮蔽，全身瑟縮，昴理解到白鯨終於將討伐隊視為敵人。

——「霧之魔獸」發出咆哮，戰端現在才叫真正開啟。

5

——大笑聲響徹魯法斯街道。

龐大身軀悠游在空中的白鯨，從全身張開的小嘴巴流淌不協調音。

本來的嘴巴在咆哮時，會伴隨搖撼大地的破壞力。但這不整齊的大量嘴巴發出的聲音，卻像風在摳抓一樣扭曲又毛骨悚然。

不是耳膜被敲打，而是用細針攪拌腦子的不快感。

白鯨產生這令人害怕的變化時，昴感覺風向產生了變化。

原本盛大的先發攻擊，以威爾海姆為首的討伐隊和傭兵團的密集攻擊，給予白鯨的傷害絕對不少。

就算昴死過百次，對全軍總火力來說都只是零頭，假如比較的對象換成會聚集起來的魔獸，那攻擊力足以殲滅十次沃爾加姆群。

白鯨不斷沐浴在傷害中，甚至失去一隻眼睛。

就算不能做出了結，至少可以期待讓牠落地的戰果，但——

「不妙，是霧……！」

持續發出尖叫聲的白鯨，從無數的嘴巴散播「霧」。

從空中降下、累積的霧不斷增加領域，範圍擴散到街道外。視野逐漸轉為白色，「驅夜」的魔石效果逐漸喪失。

——「霧之魔獸」終於發揮本領。

視野變差，討伐隊在被霧覆蓋的平原上難以密切合作。

更重要的，是白鯨本身就像融入霧海中消失不見。

「騙人的吧……!?」

「——昴，請把命交給雷姆!!」

昴對龐大身軀消失一事感到震驚，身子前傾的雷姆則是朝他這麼吶喊。於是昴用力抱緊雷姆的身體作為回答。

地龍順從雷姆的駕馭，轉過身，邊刨地邊開始疾馳。

直到剛剛還在身旁的菲莉絲，也同樣命令地龍轉頭衝向霧的內側。白鯨一旦進入戰鬥狀態就必定會反擊。當然，不可避免會出現傷者。

屆時，就是被稱為「青」的頂級治癒術師出馬的時候。

可是。

「全軍散開——!!」

霧的內側傳來怒號，牽制原本要衝進白色霧海的他們。

那是庫珥修的聲音。

抬頭想說發生什麼事的昴，緊接著遇到……

「嗚喔!?」

地龍靠著剎那的判斷改變路線，身體被離心力甩向左邊。前方的菲莉絲也一樣在地龍的急轉彎下往右偏，變成兩邊分道揚鑣的樣子。

然後，白色的凶威衝過傾斜的視野角落。

「——喂喂喂!?」

白霧伴隨濃密質量，一口氣穿過他們闖出的兩條路線正中央。

穿越的霧氣以大浪之勢而來，只要閃避遲了一瞬，就會連同地龍被吞噬掉吧。

區區的霧有什麼好大驚小怪的。沒看到實物的話或許可以笑著帶過。但是，只要近距離目睹那個「霧」的異質性，任誰都沒法說出那種話。

霧將撫摸過的平原地面像溶解一樣挖開來，所到之處任何物質都煙消霧散。

如果被那片霧給直接吞沒，連人體都逃不過同樣的末路。

「連那種東西都吃……！」

關於白鯨生出的霧的威脅性，昴在事前簡報時就已聽過不少。但是，實際的威力卻遙遙凌駕其推想。

「這才是貨真價實的『霧』……！」
被稱為「霧之魔獸」的白鯨，其「霧」的性質大致分為兩種。
其一是像要覆蓋整個街道、拓展自己游動領域的擴散型之霧。
而另一種，就是剛剛在眼前讓整塊大地消失不見的消滅型之霧。
在這之前不曾見過的攻擊手段，就是後者伴隨破壞性質的消滅型之霧。而其威脅只消一眼就能明白。破壞力自不用多言，但效果還不單單如此。
那就是——
「喝啊!!」
吆喝伴隨氣勢洶洶的一閃，勇猛之聲驅散霧氣，眼前的白色景致被突然切開。
從霧的對面衝出來的，是站在白色地龍背上的庫珥修。恐怕是運用她那不可視斬擊的超射程，驅散從眼前到遠方的霧，好確保視野吧。
庫珥修粗魯地擦拭汗濕的額頭，在地龍上大口喘氣。以身在霧散中心的她為目標，四散的討伐隊開始急速聚集起來。
庫珥修環視集合起來的各小隊，問：
「——失去多少人？」
「我隊隊員數為十二名——不夠三人。」
「……少了哪些人？」

「不知道……！」

面對庫珥修的焦躁感，壯年隊長擠出聲音回應後搖頭。

本來搞不懂這樣的應對的意義。

掌握隊員人數的小隊長，報告自己想不起脫隊的隊員名字。

不應該會有這種誇張的事，但卻不只一個人這樣。

「這邊十四人，一人脫隊。」

「我隊脫隊兩人，同樣不知道是誰。」

「六人……抱歉！因為位置偏深，無法避開霧……！」

同樣的報告接二連三上呈，每個小隊長都說不出消失的同伴的名字。

這個異常事態，方是白鯨釋放的「霧」的真正威脅。

「消滅之霧……!!」

戰慄衝上喉嚨，臼齒打顫的昴喃喃道。

如字面所示，碰到「霧」而消失的存在，會連同他人對其存在的記憶都消失。

這世界只留下「有人消失了」這個事實，但其存在卻不存於任何人的記憶中。

庫珥修的討伐隊會每個小隊各固定編制十五人，用意即在此。

因為「霧」而發生缺員的情況，會連誰消失掉都不知道。就算這樣，至少要掌握缺員的事實，所以小隊的人數才會統一。

——昴終於知道在以前的輪迴品味過、令人毛骨悚然的恐懼的真面目。

一同走在街道上的旅行商人奧托，完全忘記被白鯨消滅掉的同行，以及留下來絆住魔獸腳步的雷姆。

那時深信奧托是因為過度恐懼而抹消不好的記憶，但如果想成是受到白鯨的「霧」的影響的話，那就符合邏輯了。

被霧消滅的商人和雷姆，其存在從這個世界的記憶中被刪除。

就像回到宅邸時，連雙胞胎姊姊拉姆都忘記雷姆那樣。

現在也發生了同樣的狀況。可是這邊有個問題——

「只有我記得……」

昴呆呆地道出不容懷疑的現實。

消失掉的旅行商人，還有為了讓昴逃走而犧牲的雷姆，就像昴忘不掉那個輪迴一樣，只有昴記得一切。

聚集在庫珥修身邊的小隊長們——有兩個臉孔換成別人。

因為撞到消滅之「霧」，原本的小隊長消失了。由第二人擔任小隊長的認知替換成事實，而且沒人發現這突如其來的人員異動。

面對這份異常，昴了解到白鯨真的跟「魔女」一樣異質。

沒忘記大家都忘記的人事物，一直記在腦海裡的菜月•昴。

那跟只有昴才有的「死亡回歸」一定不無關係吧。

「被牠逃進霧裡，不知道牠會從哪攻過來。聚在一起是下策。——散開，使用退魔石。」

環視討伐隊的臉孔，庫珥修簡短地為商談告一段落。

側目看著大家點頭回應這樣的指示時，昴發現沒見到威爾海姆和里卡德的身影，因此瞪大眼睛。

不會連他們兩個都被消滅掉了吧？

「回來了嗎，威爾海姆。」

但是，昴這樣的焦慮被從霧裡頭返回的人影給否定。

除去濃霧現身的，是全身浴血、模樣壯烈的劍鬼。威爾海姆擦拭被血漿弄髒的劍，順便粗魯地擦去臉上的血。

「衝過頭了。——被害有？」

「合計二十一名……消失掉一整個小隊。連倒地者的名譽，都沒法合理守護了。」

被霧消滅，就意味著存在被抹消。

不存留於任何人記憶中的人們，只在世界上留下變空白的足跡。

既然如此，之前確實存在的羈絆、想法和愛，都消失到哪去了呢？

仔細看，威爾海姆背後跟著萊卡群，其中也有跨坐在大型萊卡上的里卡德以及兩名副團長。

看樣子跟威爾海姆一樣纏著白鯨戰鬥的人們反而比較少出現被害者。

「麻煩的霧跑出來咧。退魔石是稀有物，數量叫人放心不下。……要是搞錯使用時機就完蛋咧。」

「要是集中攻擊再次奏效的話，白鯨應該會墜地。現在已經看不見牠，為了避開牠的奇襲，我建議現在是第一次的使用時機。有無異議？」

庫珥修的決定全員都贊同，她的視線投向菲莉絲率領的支援隊。

「菲莉絲，用魔石砲把退魔石打上去。只有兩次的份，使用要慎重。」

「早就已經準備完——畢。隨時聽候您的命令。」

看菲莉絲拍胸膛，庫珥修點頭，在開戰前再度環顧所有人。

「從現在開始是緊要關頭！我們的攻擊對白鯨奏效，已用你們手中的手感證明！牠確實很強大又出其不意。我等若死亡，最糟糕的情況下可能不會留在任何人的記憶中。但是！」

對空手就能斬擊的她，腰部的劍是無用之物吧——她拔出卡爾斯騰家的寶劍，指向天空高聲說：

「為了連名字都沒法留在墓碑上的死者，為了未來的世界暴露於霧之威脅的弱者，我等即使犧牲也要打倒牠！——跟我來!!」

「——哦哦!!」

大家各自將武器舉向空中，齊聲吶喊。

驚人的高昂士氣震動濃霧，消沉的戰意點火後猛烈燃燒。

「把退魔石打上去!!」

在庫珥修的號令下，菲莉絲所指揮的部下一起把魔石砲砲口朝上——緊接著，隨著爆炸聲響，魔石被打至霧的上空。

「驅散霧了——！」

在天上碎裂的魔石光輝，一口氣剷除遮住視野的白霧。

不過，並非驅散充斥平原四方的所有霧。只是降低霧的濃度，解除保持視野都很困難的狀態。

但是，光這樣效果就十分顯著。

——白鯨的「霧」似乎是由牠的龐大瑪那變異而成。

亦即，被白鯨給予指向性而可視化的瑪那，散播開來成為「霧」。

而退魔石——本來的效果是強制讓周圍的瑪那還原成無色瑪那或無效化，但用這魔石之力可以讓「霧」的瑪那變為無害，從而驅散。

要是退魔石的效用過強，就得冒上我方魔法攻擊威力弱化的危險性，但既然都還看得到殘留的霧了，就用不著擔心那方面。

「不足以消除全部的霧嗎。」

「相對的，我方的魔法也不受影響。雷姆也準備萬全。」

輕輕點頭的雷姆，讓額頭上的角發光後這麼回答。

瑪那席捲周圍的氣息，是雷姆再度開始凝聚魔力的證據。

「——好耶！沒什麼好怕的。到這邊都派不上用場的我們，終於有出場機會囉！」

「是！要上了！」

雷姆操作韁繩，昴的屁股配合地龍的嘶鳴彈起。

坐在開跑的地龍上，抓緊雷姆的腰，在頭上稀薄的霧中尋找白鯨的身影。

以庫珥修為首的討伐隊，也各自散開尋找巨大身軀。不知何時再啟戰端的緊張感，讓昴感到喉嚨急速乾渴。

白鯨依舊不見蹤影。

這跟戰鬥開始前，等待夜晚的空中出現白鯨的感覺很類似。

「——霧。」

突然，討厭的預感掠過昴的腦內。

不是那種沒來由的根據。

退魔石的效果，以及其中的魔法運用。參與許多作戰前會議，再加上在之前的輪迴邂逅白鯨的經驗，這股不安就突然湧現。

殘留在大氣裡的，是擴散型之「霧」。

擴大白鯨的領域、擾亂視野是「霧之魔獸」的拿手好戲。之前得知的情報就只有這樣，但斷言這就是恐懼的理由，真的好嗎？

不過，在疑問於腦中成形前——

「——嗄!!」

霧變淡的魯法斯街道上，先行響起了彷彿傾軋的媚聲。

「怎麼著怎麼著怎麼著怎麼著!?」

高亢的鳴叫聲像是女人的慘叫，湧上來的嫌惡感讓人想堵住耳朵。像是咆哮又像是大笑，次元截然不同的詭異，搬運著霧氣來回舔舐平原。

「剛剛的是……！」

要把疑問化做語言時，昴才發現。

纏繞全身的「霧」，宛如想要溶入一樣侵入體內。

然後——

「啊─啊─啊─啊——!?」

一開始發生變異的，是跑在旁邊的騎龍小隊。

發出不像是正常人會發出的聲音，昴被那怪聲給嚇到跳了一下。察覺到異狀而看過去，跑在旁邊的騎兵們接二連三地被地龍甩下。

「喂！怎麼了!?」

順從大叫的昴的意思，地龍跑了個U字形後往他們那邊跑去。穿過失去騎手後左顧右盼的地龍之間，昴對著摔下龍的人們喊：

「沒事吧!?墜龍可不是輕傷就……」

擔心他們傷勢的昴，話講到一半就忍不住噤聲。摔落地龍，在地面打滾的騎兵們——其狀態已經超乎受傷的次元。

「嗚哇嗚哇嗚哇啊啊——」

怪聲並非人類能發出的聲音，那比較接近野獸的吼叫。

有人口吐白沫、翻著白眼一面痙攣。有人邊呻吟邊用力抓自己的手。還有咬緊牙根到臼齒碎裂、頭一直猛敲地面的人。

症狀不一致，但可以知道一件事。

瘋狂，會以「霧」做為媒介傳染。

「這是……」

「利用剛剛的聲音，『霧』直接干涉精神……很像瑪那醉，不過太慘了……！」

聽到昴壓抑的聲音，手貼額頭的雷姆苦著臉回答。

「瑪那醉……？果然不是單純的『霧』囉!?」

雷姆的樣子，和霧纏繞身體的感觸，讓昴了解到「霧」的真正效果。

擴散型之霧是讓範圍內的存在陷於異常狀態的陷阱，而且無法迴避。其龐大的效果，看被害者就知道了。

受到「霧」的影響的，不只昴他們和周邊的小隊。事實上，在遠眺可及的範圍內，可以看到有許多小隊停下腳步處理同伴的異常狀態。

「有分對霧有抗性和沒抗性的人嗎……？我什麼感覺也沒有啊！」

「雷姆感覺頭有點……現在要穩定下來。」

重複深呼吸的雷姆，摸著額頭上的角讓自己鎮定。

這段期間，昴爬下地龍，衝到被害者身邊試圖阻止他們自殘。

「喂，別再這樣了！傷勢會……嗚喔！」

「噫—噫—噫—！別靠過來啊—啊—啊——！」

手被處於混亂的男子揮開，由於對方沒有斟酌力道導致手腕被抓傷。銳利的痛楚讓昴退後，男子又再度恢復自殘行徑，狂抓臉部到血流滿面的地步。

「不會痛嗎，這樣不妙耶？一個弄不好在死之前都不會停下來！」

「昴！你的傷!?」

「雖然痛到想哭但沒啥大礙！比起這個，不想想辦法的話，大家都會自取滅亡的！該怎麼辦好？」

反問衝過來的雷姆，但看著陷入瘋狂的騎兵們，她面有難色搖頭道：

「很遺憾，雷姆的治癒魔法不確定能發揮多少效果。不只對肉體，還透過門直接干涉歐德。這麼強大的瑪那污染，只有菲利克斯大人……」

「說起來，這個精神污染要多少等級的抗性才能抵抗？這邊該不會除了我跟雷姆以外幾乎全部陣亡了吧!?」

跟昴並肩而行的小隊幾乎崩潰——平安無事的就只有幾人，但都跟昴一樣著急地在阻止自殘的同伴。

「要是關鍵的菲莉絲被污染侵蝕的話就死棋了。怎麼辦……」

就昴所見的範圍內都是這樣。其他區域的狀態要是相同，那就真的只能絕望了。

加上庫珥修和威爾海姆這兩大主力，像菲莉絲那樣的支援關鍵要是中標的話就真的到此為止。連繼續戰鬥都有困難。

「能動的人把傷者運到大樹旁！不得已的話稍微行使暴力！」

但是，霧的對面又再度傳來庫珥修的聲音，回應的聲音也接連不斷。看來庫珥修似乎沒受到霧的影響，而且還傳達出對應同個威脅的方法。

——在下令全體攻擊後，緊接著立刻轉換方針。

庫珥修的聲音中有著焦急，昴對白鯨的惡毒手段也感到憤怒。

「雖然聽說過與其殺人不如讓敵人自殘，就能造成戰力吃緊，但這怪物居然會這麼幹啊……！」

「菲利克斯大人似乎也平安無事。有那位大人治療的話，應該能稍微解除污染的效果，但……」

雷姆想說卻沒說的話，昴也知道。

出現這麼多受害者，菲莉絲根本忙不過來。人手被分去回收傷者，光這樣戰力就大大不足。而且更要緊的是——

「時間不夠。在菲莉絲治完所有人之前，不能一直毫無防備。」

「最惡劣的情況，是白鯨可能會用霧將聚集的討伐隊整個吞沒。雖然不希望牠有這樣的智慧……但都製造出這樣的狀況了，實在不樂觀。」

「也有可能是憑本能這麼做的……不對，不管哪個都不能小看野性。」

對危險性已有所覺悟，庫珥修將受傷的討伐隊交給菲莉絲。

當然，為了不讓白鯨接近傷者，就必須爭取時間。

與其集體殺敵，垂下有魅力的餌食更有其必要。

「——呼——。」

深吐一口氣，把肺部清空。

將體內的氧氣排出到極限，自然感到不舒服的胸腔裡頭——心臟的跳動緩慢地帶著明確規律。

意外冷靜的自己，讓昴忍不住苦笑。

不論何時只能被狀況牽著走，被眼前的事態玩弄，這顆心臟就像反應昴的心情般反覆失控。

為什麼緊要關頭前反而這麼冷靜呢？這是因為……

「……就算是借來的，勇氣就是勇氣啊。」

拍打胸膛，昴大口吸氣。屏住呼吸，閉上眼睛，接著吐氣睜開雙眼。面向前方。面前，是乘坐地龍的雷姆在俯視昴。

她在等，等昴說什麼、期望什麼。

「雷姆，陪我跑一趟最危險的地方吧。」

「是。——無論天涯海角。」

雷姆毫無猶豫，微笑著接受昴的要求。

接受回答後，昴跑向地龍，借用雷姆的手飛也似地跨上地龍，然後朝制止在地上胡鬧的同伴的騎士們說：

「我和雷姆去吸引白鯨！這段期間你們快去接受菲莉絲的治療。沒事的傢伙把人交給菲莉絲後，就去跟庫珥修小姐會合！」

「吸引!?你們是要怎樣……」

「就這樣做囉。」

朝著疑惑的老兵笑，昴吸氣後扯開喉嚨。

「——聽得見的傢伙把耳朵塞起來!!沒辦法的傢伙就算了!!」

昴全力喊出的聲音，響徹霧之平原。

雷姆享受地聽著昴的大嗓門，然後手貼住耳朵。附近的騎士們也連忙塞住耳朵，可以聽見聲音的討伐隊應該都會這樣。

就跟在作戰前簡報、昴所要求的一樣。

然後，昴主動觸碰禁忌——

「我會『死亡回歸』——」

道出口的瞬間，湧上來的恐懼絞緊了昴的膽量。

要是計劃落空，那個黑色魔手有可能會伸向同伴和雷姆。

但是，他制服這樣的恐懼，用力扯開嗓門到讓魔女聽得見。

——要我的心臟就拿去，幫我一把吧!!

昴瞪大眼睛，壓抑軟弱，在心中這麼吶喊——接著，那個來了。

『我愛你。』

像在耳邊低喃，弱小細微的聲音。

可是，灌注在裡頭的熱情、讓心頭熱起來的是什麼？

眼角不自覺滲出淚水，呼吸困難的感覺擊潰了昴。有股衝動想追隨遠去的聲音，還想立刻抱緊。

在憐愛支配全身的熱度中，意識燃燒至純白——

「……回來了。」

剎那的邂逅後，昴的意識在現實清醒。

前一刻還支配昴的熱情遠離，想不起來方才得到了何種感慨。已經抱著覺悟等待的劇痛沒有造訪，徒留對此的不可思議異樣感。既然這樣——

「雷姆，怎麼樣？我身上的魔女氣味……」

「是，很臭！」

「雖說按照計劃，但說法很糟耶!?」

接受雷姆的背書，內心無法釋懷，但還是達成目的。

渾身散發魔女瘴氣的昴，回頭朝周圍的騎士們大喊：

「立刻遠離我們！我們會盡可能離開大樹，你們趕快去跟庫珥修小姐會合！」

「知、知道了！祝武運昌隆！」

「彼此彼此！」

被騎士們送離，昴拍雷姆的肩膀打信號，地龍開始奔馳。

就現狀而言，昴的身體散發新鮮的魔女遺香——但與字面矛盾，應該是飄著濃濃的臭味。問題在於這對白鯨多有效果。不過。

「在沃爾加姆那次，效果足以涵蓋整個森林，這次怎樣呢……老實說還是未知數呢。」

在前一次的世界遇到白鯨時，白鯨固執地追蹤換到奧托龍車上的昴。那時候可沒做出與魔女相關的發言。現在釋放比當時還要強烈的臭味，對白鯨來說應該是上等的誘餌——

才這麼想。

「——!?」

直線前進的地龍注意到什麼，於是按照自己的判斷緊急轉彎——「嗚嘎！」昴在離心力下慘叫，連忙緊緊抱住眼前的雷姆。

「幹嘛……！」

「是白鯨!!」

貼在一起的雷姆大叫，旁邊突然出現突破霧現身的巨大大顎。

在千鈞一髮之際脫離原本行進路線的昴他們順利避開稍稍偏向左方的白鯨。大口咀嚼大地，連同路面的草原一同吞噬。

像擦過披有岩壁的外皮，奔馳的同時近距離聽著魔獸嘴巴咬碎地面的聲音。白鯨察覺口內沒有血肉的味道後，巨大身軀在空中翻轉。

然後，咆哮朝著昴他們追過去。

「嗚哦哦哦哦——!?」

壓倒性的質量造成的壓力，從背後直逼而來。

快把人壓爛的壓迫感追著背部跑，載著大叫的昴的地龍拚命踹擊大地。可是，緊追不捨的白鯨游泳速度非比尋常。

宛如一座山的龐大身軀在空中游動，以超越風的勢頭一口氣縮短距離。

吞盡世界的下顎逼近。

牠的鼻子就在正後方，來到足以讓他們聞到腥臭味的距離。

「雷姆！」

「烏爾・修瑪!!」

呼應雷姆的詠唱，三隻冰槍從大地一齊突刺。

目標準確無誤，從追擊昂的白鯨正下方往上戳刺，貫穿牠的下腹好讓牠停止動作。但是——

「牠沒停——！」

粗大到像綁了幾百支長槍的冰槍從根部被折斷，發出高亢聲後冰塊散落。被破壞的冰槍瞬間還原成瑪那，失去堵住傷口的東西後血液從傷口噴出，但不影響白鯨的動作。

都受到那樣的傷，流了那麼多血，卻還不失活力。牠的耐久力盡頭到底在哪裡？重新體認到擊落白鯨的難度，昂為之膽寒。

不過。

「跟沃爾加姆那時不一樣，我們可沒鬆懈喔！」

「吼——!!」

昂朝著還有段距離的白鯨豎起中指挑釁。被這舉動激怒，白鯨的咆哮轟動平原。但是，牠的身體旁邊……

「喝啊啊啊啊——！」

飛撲過來的威爾海姆，用斬擊縱向切割白鯨的身體。

劍刃扎進去，威爾海姆衝上白鯨的側腹。與穿越血霧的威爾海姆並排、騎著兩頭萊卡的幼貓姊弟看著彼此。

「姊姊，一起配合！」「上囉——！黑塔洛!!」

跳下交錯的萊卡，牽著彼此的手的咪咪和黑塔洛，一站到威爾海姆刮出的傷口前面，就把嘴巴張大。

「哇——！」「哈——!!」

兩人的聲音重疊，成波狀擴散的音波帶來驚人的破壞力。

衝擊波從傷口傳入，白鯨全身的傷再度出血。巨軀搖晃，無視自己的意思一口氣降低高度。白鯨忍痛喊出聲，好不容易免於墜地。而騎上萊卡的雙胞胎立刻跳離白鯨的背逃走。

「王牌出了！」「團長，拜託你了！」

「哦哦，交給偶！小鬼頭都這麼努力，偶可不能輸咧!!」

和落地的雙胞胎換手，大型萊卡從尾巴爬上白鯨的身體。

里卡德舉起大砍刀，朝著會生霧的無數嘴巴敲打。威爾海姆也一樣，朝礙事的嘴巴施以斬擊，接二連三讓它們住嘴。

但是，白鯨也不是默默地放任攻擊手段被擊潰。像噴子彈一樣，牠從怎麼毀也毀不完的無數嘴巴放出消滅型之霧。

里卡德把閃避交給萊卡，威爾海姆則是以超越人類的行動閃過、避開霧。
討伐隊和「鐵之牙」又集合起來，魔石砲再度開始射擊好掩護形勢不利的威爾海姆他們。自己的攻擊打不到，只能任小蟲累積傷害的現狀讓白鯨焦急不已。牠扭動龐大的身體，張開大嘴準備散播霧。
「雷姆——!!」
早在昴呼喊之前，雷姆就已縱身一躍飛向白鯨鼻頭。由於飄散魔女臭味的昴接近，集中力被擾亂的白鯨反射性地看過來，想要撲過去的企圖卻被斬擊阻撓。
「吼————!!」
「不要做出看向其他地方的冷淡之舉嘛。我可是從十四年前就被你迷得神魂顛倒喔。」
突刺刺穿白鯨額頭，劍刃嵌進頭蓋骨，使得威爾海姆的動作停止。
但是，老劍士立刻拋棄第三把劍，用力踹放手的劍柄騰空躍起，握住拔出的第五把劍後，雙劍又在魔獸背部狂舞。
在白鯨的背上，和威爾海姆會合的里卡德咧開大嘴笑了。
「玩得很快樂咧！雖然比想像中結實，不過本身的強度沒啥了不起滴！」
「不……沒反應過了頭。」
面對大嘆快哉的里卡德，威爾海姆皺眉回應。咬唇的威爾海姆邊切割白鯨的尾鰭邊說：
「難以想像吾妻……劍聖會輸給這種程度的魔獸。即使將制敵機先和在最初沒被霧給分散這些考慮進去……」

舞刃的威爾海姆的思緒，被旋轉身體的白鯨給中斷。

「哦，哇啊啊啊!?」

異於往常的舉動。白鯨頭朝上一口氣急速上升，里卡德在衝力中連同萊卡被甩下。

然後，被留在白鯨身上的威爾海姆。

「下去之前，再吃一記吧——！」

在彎曲身體游向天空的魔獸身上，威爾海姆以輕快的動作往下衝。

往下飛衝的威爾海姆倒著攀登白鯨往上升的身體。靠移動體重，和劍刃戳刺來強行控制姿勢，長年的戰鬥經驗有效利用老劍士的身體，在巨軀的終點將一根背鰭連根斬斷。

「吼————!!」

邊聽著白鯨的慘叫，威爾海姆邊踩著飛離的背鰭墜向大地。

從超高的高度墜落，怎麼想都是會摔死的場面，但威爾海姆卻在撞地之前腳踢鞋底的背鰭，在抵銷墜落的勢頭時由地龍接住他。

「威爾海姆先生！」

昴想確認他平安無事，但他卻不理睬，目光追隨現在也在急速上升的白鯨。

昴跟著往上看，視線捕捉到往上游的白鯨的尾巴。

被切下背鰭的地方滴下的血，以暴力的威勢如雨傾倒。平原的草地染成朱紅，淋著血雨的威爾海姆戰意依舊不減。
連昴都沒想到白鯨會就這樣逃亡，不過魔獸飛上高空的目的現下還不明。「鐵之牙」和討伐隊也不安地仰望天空，聚集在大樹根部的大批傷者狀況讓昴憂心忡忡。
「來了。」
仰望天空的威爾海姆小聲地說。
瞇起眼睛，重新握好雙劍的老劍士激起全員的警戒心。
然後，嚥下口水等待變化——接著後悔。
不應該等頭上的白鯨採取行動，應該要立刻散開才對。
「——霧掉下來了!!」
昴聲嘶力竭地吶喊，雷姆一口氣讓地龍掉頭脫離戰線。
周圍的地龍和萊卡也一齊衝了出去，但已經無暇抬頭去確認其他人是否平安無事。
——膨脹到像要覆蓋整面天空的消滅型之霧，朝大地墜落。
彷彿雲朵本身下墜的「霧」。要閃避的話除了逃出範圍內別無他法。就算以岩石或樹木當盾牌，在會連同障礙物一併吞食的破壞之前，這種抵抗根本毫無意義。
只能往前衝，邊跑邊祈禱可以趕得上。
連抬頭看天空都害怕，無聲的終焉只有來自正上方的壓迫感。
死命抓著地龍的背，壓低姿勢奔馳到極限——

「逃掉了嗎!?」

好像脫離了積雲底下，光明乍現，昴轉動脖子看向身後。

被霧給碾壓的大地，上頭有許多來不及逃而被吞噬的影子。

拼命在臉上刻畫恐懼和憤怒的人類，從頭被霧吞食然後消失。

連地龍都一併消失，在墜地霧散的破壞後什麼都不剩。有關那些人的記憶，還有名字都不剩。就只有昴記得他們的死而已。

「嗚……啊。」

在小聲呻吟的昴的前方，因霧而四散的人們很遙遠。

數量很明顯的比攻勢再起時少了很多。討伐隊的騎士們不用說，連「鐵之牙」都稱不上無事。

至少主力人員要在。昴掃視面孔。

「威爾……」

發現一手勉強抓著地龍的背，逃離霧的範圍的威爾海姆。想要朝他的背影出聲時，卻發現……

──濃霧的對面有張開大口的魔獸逼近威爾海姆。

「──快逃！」

「嗯──!?」

昴的叫聲，和威爾海姆察覺威脅迫近背後幾乎是同時。

但是，那不過是在已經趕不上了的時間點的反應。

無聲接近的白鯨之顎，連同大地將威爾海姆和地龍一併吞噬。

以威爾海姆為中心被挖起的地面，全都在白鯨的口中。

「啊……」

目睹衝擊性的光景，不只是昴，連雷姆都發不出聲音。

正因為知道那位老人的執著，這股喪失感才會非比尋常。更重要的，是失去主戰力的事態會讓狀況朝惡化一面倒。

「不行咧!!」

這次是旁邊有人叫出聲。

在對那聲音有反應之前，從旁撞過來的萊卡把昴的地龍給撞飛出去。

「嗚喔喔!?」

摔下踉蹌的地龍後，身上處處生疼的昴痛到皺起臉。從聲音聽來是里卡德，但在質問他突然施以暴行的原因之前……

「——嘎！」

昴看到眼前散落紅色血花。

「咦？」

被撕裂、飛灑肉片的萊卡的悽慘屍骸滾倒在平原上。然後應該跨在上頭的大塊頭獸人，只留下大量鮮血就消失了。

揮舞沾了里卡德的血的尾巴，白鯨搖動巨軀在低空泅游。

被保護了，是嗎？

里卡德怎麼樣了呢？

雖然浮現各種疑問，但最不能無視的事實正向昴訴苦。

眼前是用尾巴掃走里卡德的白鯨。

還有——

「騙人的吧……」

回過頭，就能看見將威爾海姆連同大地吞下的白鯨，正在開始咀嚼。

正面，背後——連仰望的天空，都還有在散播霧的魚影。

——三隻白鯨用無數的嘴巴大笑，挑起人類們的絕望。

昴感覺到，惡夢一步步地再度塗抹希望。

第四章　『對抗絕望的賭注』

1

又高又遠，宛如要互相交疊的媚聲響徹平原。

在白霧蔓延的世界裡，搖動龐大身軀游泳的魚影合計有三隻。

從全身歪曲的無數嘴巴裡，持續發出像刮玻璃的聲音的異形。吃掉許多旅人，將數不盡的生命回歸於無的惡意怪物。

光一隻就具備足以使人們絕望的力量，如今數量增加到三隻，簡直是在嘲笑試圖抵抗的人類們。

仰望飄在頭上的白鯨，有人發出膝蓋跪地的聲響。聲響接二連三，然後是較大的武器落地聲形成連鎖。

看過去，參加討伐的一名騎士垂下肩膀，看著地面摀著臉蹲下來。無人可以控制住肩頭的顫抖，喉嚨發出嗚咽。

那名騎士周圍的同伴們，也沒人有辦法講話。

湊齊人數、帶好萬全裝備，搶佔先機發動火力猛攻，都發動這樣的攻勢了——卻還遇到這種不講理的狀況。

精神污染導致兵力減半的狀況已很嚴重，剩下的主戰力又被新出現的白鯨的奇襲給粉碎。

就算集結殘存的兵力，也不到一開始的戰力的一半。然而得視為對手的魔獸數量卻變成三倍——這根本毫無勝算。

每個人都在一瞬間頓悟，被迫了解大家的性命和目的，都將在這潰散。

魔獸的可怕和荒謬，還有被那魔獸奪去的重要羈絆的重量。

自己無法回報這份羈絆。拿這份無能為力沒輒。

堆積至今的東西瓦解，持續支撐的心靈受挫時，又有誰可以去譴責當場跪地的人呢？

面對蠻橫無理、無計可施的現實，有誰可以否定放棄呢？

「——別讓牠吞下去!!」

突然，怒吼震響沉默籠罩的平原。

聽到聲音忍不住抬起頭，就看到蹬地撲向一隻白鯨的影子——少女掀起工作服裙擺，手上握著兇惡的帶刺鐵球。

夾帶狂風呻吟的鐵球直擊停止動作的白鯨鼻頭，輕易打碎堅固的外皮，挖掘露出的骨頭和肉並貫穿，然後再拓寬破壞出的傷口。

白鯨發出慘叫，抬起頭想衝向天空。

但尾巴被地面伸出的冰刃刺穿，扭動的身軀被旋轉的鐵球毫不留情地直擊。嬌小少女一擊就讓白鯨的巨軀搖晃，噴湧鮮血。

「在被吞到肚子裡之前，應該還救得出來——！」

少年按著疼痛的肩膀，額頭冒血，卻還是大叫。

他站到前面，朝揮舞鐵球的少女下指示。無法參與戰鬥的無力感讓他焦急地皺起臉，卻還是挺身向前。

少年的身旁立著一頭地龍。他慢慢跨上地龍的背，用很明顯不習慣騎乘的彆扭姿勢坐上地龍，儘管如此還是用力握緊韁繩。

「還沒！——一切都還沒結束!!」

他在一票被放棄支配的騎士面前，為了振奮自己的心而抬起頭、露出牙齒、張大雙眼。少年瞪著白鯨，叫喊：

「——別以為這種程度的絕望就能阻止我!!」

2

絕望的腳步聲在接近。昴清楚地感覺到。

頭上一隻，背後一隻，眼前一隻——合計三隻，不是在開玩笑。

光一隻我們就投入多少戰力、受了多少傷害。結果狀況對敵方不利，對方就叫來兩個同伴來認真的，開什麼玩笑。

命運到底打算無賴玩弄我方到什麼地步才甘願？

被里卡德保護而跌到地面後，維持倒地姿勢的昴咬緊牙根。不這樣的話，軟弱和哽咽就會跑出來。

產生眼前一片黑的錯覺。

難以接受的事態超出大腦負荷，意識快因失望感而斷絕。

突然，眼熟的絕望邊嘲笑邊熟稔地勾肩搭背。

『——怎樣，差不多到這次放棄的時候了吧？』

看不見臉的昏暗影子，用聽慣的某人的聲音邊笑邊催促自己放棄。

他講的話，讓昴清楚地接受阻擋在眼前的事態重量。

周圍的騎士們也跟昴一樣，看起來都屈膝放棄了。

因為他們也理解到眼前的狀況任誰都沒辦法處理。連起頭反抗的氣概都被奪走，每個人的眼中都失去力氣，連握住武器的力量都被吹熄。

目睹志氣被挫敗的樣子，委身於搭著肩膀的絕望後，才注意到。

身旁就是跟昴一樣被地龍甩出去的雷姆。倒地的她撐起上半身，端正的側臉露出悲痛的表情。

僵硬的臉頰，鐵青的嘴唇，顫抖的眼皮。

這樣盯著她看，不經意地想：睫毛好長啊。

——笑的樣子比較適合她。還想到這個。

所以。

「你們的戲份已經結束了。」

粗魯地揮開嘻皮笑臉環著肩膀的手臂。

影子對昴的行動驚訝到嘴角下垂。昴朝影子投出笑容，然後用力揮出右直拳——黑影粉碎，同時身體的戰慄停止。

無聊。丟臉。哪有閒暇迷惘，哪有時間停下腳步。

鯨魚可是增加了兩隻呀。

動動手腳。頭抬得起來，眼睛也看得到，可以出聲，聲音傳得出去。雷姆還在。雷姆活著。一切都還不到放棄的時候。

——站起來。

重複好幾次，重來好多次，直到心靈挫敗。

——站起來。

被不講理的命運甩來甩去，每次都被強壓絕望的結局。

——站起來。

我已經不行了。好想扔下一切，捨棄所有逃走再說，卻連這樣都不被允許，被迫和自己的心面對面。

——站起來。

為了什麼？

「就是為了這時候啊——!!」

拳頭敲擊地面，順勢讓撐起的上半身站起來。

雷姆一臉驚訝，看著大叫、抬起頭的昴。

俯視她，伸出手後，昴瞪著眼前的白鯨。

「還沒結束。——不要擅自結束。」

「……昴。」

「上囉，雷姆。這可是高潮橋段。」

著急地握住畏畏縮縮伸出的手，然後拉起。

將站起的少女抱在懷裡，昴近距離面向那張臉蛋，說：

「放棄不適合我，也不適合妳——不適合每個人！」

3

吼叫的雷姆猛然撲向白鯨，右拳敲擊岩肌然後爬上身體。左手揮舞的鐵球發出猛烈聲響削落岩肌，噴出血花的白鯨發出哀嚎。

雷姆攻擊的，是從背後吞掉威爾海姆的白鯨。下顎看起來像在咀嚼，但很難想像那個劍鬼會乖乖被磨爛。

「打不爛頭的話，就想辦法把人拉出來——！」

昴拉扯韁繩，在不可靠的感覺中將體重靠在地龍的背上。

不是由雷姆，而是昴本身操作韁繩。這完全是趕鴨子上架。

在抵達富魯蓋爾大樹的路上，以及抵達後的自由活動時間——昴花在練習騎龍的時間上就只有一點點。

對於在原本的世界毫無騎馬經驗的昴來說，才幾個小時的練習不可能就讓自己自在操縱地龍。

只是方向和速度，還有抓緊不被甩下去，就已用盡全力。

儘管如此，智能高的地龍完美地掌握了昴的意圖和實力。主動選昴為騎手的漆黑地龍，有小心不要讓不成熟的騎乘者摔下去。

好地龍。腳程快，體力也夠，更重要的是超聰明。從現在開始你的名字就叫帕特拉修了。想到忠心耿耿的伙伴，就只想得到這個名字了。

「走囉，帕特拉修！繞著鯨魚的鼻子轉！」

高聲叫喊，鞭響韁繩催促地龍奔馳。回應的帕特拉修身子前傾往前衝，毫不畏懼地朝著強大白鯨鑽過去。

正在扭動身子想把雷姆甩下來的白鯨，感受到昴接近後忍不住把頭轉向他。而這時候——

「聞昴的氣味是雷姆的特權——！」

雷姆一躍，朝著白鯨的側臉施以威力如砲彈的踢擊。

巨大的臉歪到一邊，緊接著又被追擊的鐵球直擊。旋轉的鐵球打穿白鯨的臉頰，折斷牠的臼齒，讓血和唾液把草地污染成暗紅色。

傷口流淌出黃色的體液，白鯨慘叫。牠的身子終於落地，像條上岸的魚一樣無止盡地掙扎。地面被掏挖，土塊劇烈飛散。胡亂揮舞的尾巴割開地面，劃破風，冷不防地接近昴的旁邊──即將命中的時候。

「噹噹──咪咪小姐登場!!」

幼貓獸人在打中的前一刻插進來，揮舞手上的杖展開魔力防壁。黃色光輝反彈打擊，而萊卡和地龍就趁著這空檔一口氣脫身。喘氣的昴回頭看著在緊要關頭救了自己的幼貓──咪咪。

「得救了！差點在講了開始反擊這種帥氣話後就領便當呢！」

「哼哼～可以再多誇獎沒關係喲──！不過，今天哥─哥非常努─力，所以很想說是不分勝負──！」

「努力……？」

挺著胸膛然後對昴笑的咪咪歪起小腦袋。

接著用手指輕彈橘色的垂髻。

「大家都憂鬱到站不起來，哥─哥卻第一個站起來對吧──？很偉大～很厲害耶～不過還是在咪咪之後呢──！」

「沒什麼大不了的。只是這種程度的絕望，沒法撂倒我而已。」

這麼回應大聲稱讚自己的咪咪後，昴咬緊嘴唇。

對呀。又不是值得被稱讚的事。

在這之前，妳以為我舔嚐、品味了多少辛酸啊？

跟至今沒法抵抗的絕望相比，還能戰鬥的現狀——哪還有餘裕沉浸在放棄裡頭。

既然有空放棄和玩樂，還不如找希望找到吐血。

比起放棄，反抗一直、本來、始終更輕鬆。

「吼————!!」

剎時，筆直前衝的帕特拉修正前方突然出現張開大嘴的魚影。

在可以看到喉嚨深處噁心樣貌的極近距離下，昴立刻傾斜身體採取迴避。但是，充滿口腔的「霧」噴出的速度比閃躲還要快一點——

「給我閉上嘴巴——！」

由上往下揮的不可視之刃，縱向斬擊打開的雙顎。

其威力強行將嘴巴閉合，昴和咪咪就這樣穿過在地上扭動的白鯨身旁，避開了千鈞一髮的危機。抬起頭，庫珥修從戰場對面趕過來。

她和昴並肩而馳，厭惡地瞪著白鯨。

「乍看之下，事態嚴重到最惡劣的地步。威爾海姆怎樣了？」

「妳還記得，就代表他至少沒被霧消滅。……就看雷姆的奮戰了。」
白鯨轉動頭部，翻轉後瞄準這邊為目標。昴邊警戒牠邊回答。
接受這狀況，庫珥修也看向還在奮戰的雷姆。鐵球每次揮下就會噴出鮮血，白鯨就在自身的血海裡又跳又震響地面。
「你怎麼看，菜月・昴？」
「怎麼看是什麼意思？如果指的是勝算，因為攸關我的性命，我會說些自私的話。」
「不是那個。你不覺得奇怪嗎？」
庫珥修朝著逼近背後的白鯨鼻樑追加不可視斬擊。「奇怪？」把才剛開始追擊就被打到滾動的白鯨扔在背後，昴看向庫珥修。
「白鯨的數量增加到三隻。單純來看是很絕望的狀況。但是，若白鯨是成群的魔獸，這情報怎麼會沒有外流呢？」
「我不懂妳想說什麼。」
「這鐵定有什麼詭計。」
明確斷言後，庫珥修用凜然面容面向昴。
被那堅強的眼神洞射，昴自然挺直脊梁。
「是要找到那詭計嗎？」
「爭取時間就靠你逃跑的速度，和掩護你的我等。不管哪一種，都沒法拖太久。想想辦法吧。——因為已經沒有撤退這選項了。」

說完，庫珥修的地龍就改變方向遠離了昴。

她大幅迂迴，邊繞過睥睨自己的白鯨，邊露臉給散開來的討伐隊各小隊看，然後放聲說：

「站起來！抬起頭！拿起武器！你們是為了什麼來到這裡的！」

「————」

沉浸在絕望和悲嘆、低著頭的人們抬起視線。

他們面前的庫珥修氣派堂堂地將拔出的寶劍指向天空，說：

「看那個男人！那個沒有武器、弱小無力、就快被吹走的弱者。是我也曾親眼目睹他被打倒的，沒用的男人！」

寶劍指向奔馳的昴的背影，庫珥修又拉高音量。

「那個男人，比所有人都還要弱！」

沒錯。庫珥修的叫喊是事實。昴很弱，比任何人都弱。

沒有戰鬥的力量，也沒有倖存的能力。做什麼都失敗，每次都被打趴的魯蛇。

「像那樣最弱小的男人，卻比任何人都還早吶喊。」

比在場的任何人都還要無力的男人，只要還能戰鬥就咬牙忍痛憋淚吐血，都這樣了還是看著上頭想要抵抗。

「既然如此，為什麼我等能低著頭呢？」

「——」

「我等力量微薄，就算集結起來都不知道到不到得了魔獸的咽喉。即便如此，最弱的男人都不放棄了，為何我等卻允許自己跪下！」

「哦、哦哦……」

士氣受挫的男子們面面相覷，鼓舞顫抖的雙腿站起來。

他們拾起掉落的武器，等待主人騎乘的地龍靠到旁邊。

伸出手，握住韁繩，原本跪地的騎士們跨上龍背。

地龍鳴叫，背上的騎士們也拔劍叫啞嗓子。

為了振奮自己的心靈，為了誇耀自己的靈魂，而發出吶喊。

在沒有戰鬥力的少年身後，吼叫著、激奮著，驅逐跪下低頭的愚蠢。

——那種感情，人類稱之為「恥」。

「恥」劈開恐懼、放棄以及制止腳步的所有感情，讓騎士們抬起頭，取回朝前踏步的力量。

「我們上！全員突擊!!」

「哦哦哦哦哦——!!」

振奮原本屈服的靈魂，騎士們再度前進。

地龍的軍勢揚起煙塵，總人數低於五十的討伐隊，在庫珥修的帶領下猛然襲向刀刃所及的兩隻白鯨。

討伐隊膨脹的士氣，和讓他們重振雄威的庫珥修的喝叱，讓昴忍不住在嘴角露出苦笑。
「管它是弱者還是敗犬，隨你們說去……」
因為沒有要否定，所以可以說是重症了。
高興怎麼叫都好，要利用也沒差。昴弱小無力，是個魯蛇輸家，老是失敗不然就放棄，就這樣一路走到這。這是事實。
正因為知道這樣的事實，所以昴現在才能在這邊大叫。
輸了不算結束，失敗了不叫放下，放棄一切不幹的時候，也不被允許無能無力。
「拜託了，帕特拉修。再衝到鼻子那邊然後立刻離開！」
地龍身子傾斜到刮過地面，畫了個髮夾彎後就再度朝白鯨衝過去。
眼前，是急著甩下攀住身體的雷姆的白鯨，以及朝牠進行掩護攻擊的庫珥修和分開的混搭小隊。騎士劍發出火花切破白鯨的外皮，拉開距離和巨大身軀並行的騎龍兵使用魔石施加爆擊。
白鯨慘叫，在地面痛苦打滾。牠那痛到掙扎的舉動，對近距離的人類來說都是難以避開的暴力。一頭地龍和騎手就被撞上，成了超大重量的墊背，發出骨頭碎散的聲響。
血液噴出，一條生命消逝。——昴將那光景烙印在眼底。
背脊發寒。趕不上、救不到，是昴的判斷結果。
那是昴讓這場戰鬥開始而鑄下的結果，所以不能移開目光。
拒絕接受這點的瞬間，昴就會輸給「恥」。

輸給自己的心的時候，和最該唾棄的自身軟弱面對面的時候，都會深沉溫柔地拒絕「恥」。所以說，不能再繼續天真。

暴動的白鯨，察覺到昴接近而張開全身的嘴巴。

邊品嚐血液倒流的感覺，邊信賴全力奔馳的地龍，破風而去。

——無數嘴巴釋放的消滅型之「霧」擦過身旁。

只要一根手指碰到，昴就會從那開始消失，存在也告終。

全身會被異於「死亡」的喪失感吞噬，離開每個人的記憶然後結束。

但是。

「埃爾・芙拉！」「哪能讓你得逞！」「你在看哪邊啦！」

風之魔法驅散霧，發出怒吼的劍刃和低吟的大槌敲爛吐霧的嘴巴。

在騎士們的掩護下，霧之彈幕變得薄弱。儘管如此霧的火力依舊叫人絕望，昴繃緊所有神經去應付逼近全身的消失氣息。

奔馳的路線交給帕特拉修，在背上的昴負責採取迴避行動：手往前放做伏地挺身，接著直接倒立避開從後方迫近的霧，然後失去平衡即將摔下去時——

「殺、力喔喔喔喔喔!!」

靠著緊握的韁繩和腿掛在鞍上勉強撐住。在原本的世界無意義揮木刀鍛鍊出來的握力，在手掌快因搖晃和震動滑落時成功停下來。

腳尖拖在地面的同時緊抓帕特拉修，脫離彈幕。

視野變晴朗，配合貼心放慢速度的地龍，就旁人來看姿勢其醜無比的昴重新坐好。原本就很少的體力減得更少，接下來這次輪到──庫珥修他們奔向展開攻勢的白鯨。

「要去擾亂白鯨……呼哈！可惡，可不能光是送命啊，快想想辦法！」

昴喘著氣，再度投身回賭命的誘餌作戰，同時思考方才庫珥修話中的「詭計」。

關於魔獸「白鯨」的生態，昴比在場的任何人都無知。

不管是其存在帶來的傷害，還是大征伐這幾個字，都沒法帶來真實感。

應該會有這樣的昴才能察覺、只有這樣的昴才會發現的點。

十四年，持續追蹤弒妻仇人的威爾海姆。

執著開花結果，抵達這戰場的劍鬼，不可能會錯漏「白鯨有好幾隻」這樣致命的情報。當然，有可能這是未知的現象。

既然如此，為何會沒人知道？──不對，是為何沒被人知道？

「為什麼突然增加了？……打一開始就是三隻的話，這前提太奇怪了。」

感覺好像要掌握住什麼線索了。

但在那之前，帕特拉修的死命急馳先到達白鯨的嗅覺範圍。

原本追著用寶劍施加斬擊的庫珥修的白鯨，視線大幅轉動投向昴。同時，蓄積在敞開口腔內的濃霧，隨著打破大氣的咆哮化做龐大的破壞被吐出。

帕特拉修緊急變換行進路線的角度。雖然讓身子逃離迫近之霧的暴威，但離脫離勢力範圍還差半步。——而彌補那半步的是……

「我們可是！」「不會讓你如願的——！」

擠進昴和白鯨之間的咪咪和黑塔洛。

雙胞胎貓人張開嘴巴，「哇」和「哈」的咆哮重疊釋放。

高音波交疊產生波紋，邊結合邊轉換成破壞力。然後莫大的震動波像浪濤一樣耕耘平原，連逼近的霧都被正面吹散。

「嗚喔喔喔!!厲害斃了——!!」

「對吧對吧對吧——！再多誇獎一點——！喝呀——！」

「姊姊妳啊……」

聽到昴的直率稱讚，咪咪挺起胸膛滿意地笑開懷，跑在旁邊的黑塔洛嘆氣。然後兩人中間夾著昴並排奔馳。

「我們會掩護你。要是沒有菜月先生，這場戰鬥根本沒有勝算。」

「就巴—下去，然後咚咔—下去，再滋巴梆梆—不就好了？」

「就算要巴咚咔滋巴梆梆，也需要菜月先生的協助喲，姊姊。」

「嘿～！」

他們就這樣夾著昴，進行欠缺緊張感的對話。

先不管一點都不瞭解事態急迫性的咪咪，昴把頭轉向可以溝通的黑塔洛。

「剛剛的合體攻擊，是在途中有用在白鯨上的招術吧。還可以用嗎？」

「由於必須擠出瑪那，再來一次我就到極限了。——因為在團長恢復之前，我和姊姊要負責保護昴先生。」

「里卡德那傢伙還活著嗎!?」

意想不到的捷報讓昴叫出聲，黑塔洛點頭答：「是的。」

這態度讓昴的內心充滿安心。畢竟看到里卡德搭乘的萊卡被殘暴殺害，還有大量的鮮血，所以還以為他已經不留形體地飛出去了。

「瀕死的團長有話要轉告昴先生。」

「轉告……不會是要說費用很高吧。」

「那個我想之後他本人會直接跟您說……總之呢，咳嗯。『瞎米呀，這麼輕。偶沒死掉就是證據。』就這些。」

黑塔洛規矩地連卡拉拉基腔都照著念出來，模仿里卡德的聲音轉達留言。先不說他的模仿等級，昴仔細玩味留言中的真意。

如字面所述，是里卡德豁出性命要傳達給昴的訊息。

要是專注探究裡頭的意思及其真意的話——

「模仿得一點都不像呢。」

「嗯，超不像的！一點—才能都沒有—！這樣不行啦——！」

「現在不是說那種話的時候啦！」

昴不看氣氛的結論，引來咪咪天真的同意。黑塔洛用快哭出來的聲音反駁，但昴左耳進右耳出，仰望天空。

和分成兩組的討伐隊糾纏，現在還在激戰的兩隻白鯨。

另一方面，浮在空中的白鯨俯瞰地上的戰況，悠哉地居高臨下眺望。

那態度怎麼想都覺得不自然。

討伐隊失去主力，人數減少的小隊又兵分兩組來作戰。雖說昴的存在達成擾亂的成果，但要是飄在空中的白鯨加入其中一方的戰場的話，光這樣戰局就會一面倒。當其中一組被吃掉，戰爭就宣告結束。

然而，那隻白鯨卻什麼都不做。箇中理由是——

「里卡德的留言……」

這麼輕。里卡德告訴昴這個。

拼上性命說出自己沒死的原因。

那是什麼意思呢？是什麼很輕？生命嗎？確實戰場上的生命是輕如鴻毛。但不覺得是這種意思。輕到底是？

「在這個重量級又非常艱困的狀況下，是什麼很輕啦……！」

全身交給帕特拉修，再度衝向白鯨的鼻頭。

被庫珥修他們纏住的白鯨把口腔轉向昴，但張開的嘴巴裡頭卻被庫珥修那看不見的斬擊和扔進去的爆炸魔石給予傷害。

騎士們發出吶喊。少一人，人數確實又少了一人，現在只有無止盡的士氣在支撐戰線。

縱使死亡就在眼前仍下定決心對抗的人類，是可以頑強到這種地步的嗎？

以討伐隊的所有成員挑戰才勉強應付得來的白鯨，在失去主力連兵力都減少的現在都能相抗衡，這不是意志的力量要叫什麼——

「再怎麼說，也太過期待意志之力萬能的論點了。」

想到這，昴恍然大悟抬起頭。

回頭看被撇在背後的白鯨，瞪著遠去的魔獸的臉。

然後，察覺到不協調的理由。

「如果真是這樣的話……！」

咬牙切齒的昴，全身在湧出的可能性奔流中戰慄。

意思傳給握住的韁繩，帕特拉修做出尖銳的急轉彎，猛然衝向另一隻白鯨。

奮戰的雷姆解放鬼族之力，跨在一頭萊卡上用鐵球在白鯨的身體上不斷打洞。即使圍裙禮服被魔獸的濺血給污染，察覺到昴接近的她依舊剛強地微笑。

被鮮血彩繪的微笑很悽慘，不過昴卻不小心看到入迷。

即使戰況居於劣勢，雷姆依舊相信昴有勇無謀的覺悟。這份信賴和深情，都必須要回應。

「————」

沒有對話，昴的地龍和雷姆的萊卡交錯。昴往白鯨的鼻頭，雷姆朝白鯨的尾巴奔馳。沒必要停下來對話。昴有昴的任務，雷姆有雷姆的任務，而彼此都知道這點。

繞到白鯨的頭部那邊，察覺到昴接近的魔獸轉頭向他。巨大眼睛上方出現多個噴霧口，邊流口水邊噴出白霧。

「咚咚——！梆梆——！滋巴拉巴——！」

咪咪操控的萊卡，自由自在地奔跑在帕特拉修周圍。在大狗的背上擺出姿勢的咪咪每次嘴巴發出效果音，手中的杖就會發光，然後魔法障壁就擋住霧，爭取時間讓昴閃躲那些霧彈。

「這樣很貴的喲——，哥——哥！」

「等這結束我會跟妳講一百次謝謝啦！」

「那就好——！」

把背後交給便宜計價的咪咪，追過並行的白鯨，超越後跑到前方。回過頭，昴和白鯨互瞪。一隻眼睛染成血紅的魔獸，厭煩地對蟲子的抵抗發出尖銳叫聲。但是，牠的模樣讓昴確信自己想的沒錯。

這隻白鯨，還有庫珥修他們對峙的白鯨，都沒有「左眼」。

「跟我想的一樣！你們才不是三隻——是分裂出來的啦！」

飄在空中、一開始的那一隻也有同樣的傷，應該也受到失去左眼的傷勢。

——欠缺左眼，那是序戰時威爾海姆給予白鯨的戰傷。

不只一隻，其他兩隻都有同樣傷口的理由已經很明白。

除了空中的白鯨分裂出另外兩隻外，別無其他。

「攻擊變輕是因為分裂後戰鬥力也變三分之一！我們的人數就算減少也能應戰，就是因為這樣的詭計！」

突如其來的襲擊沒能殺死里卡德。

兵力驟減的討伐隊，面對數量增加的白鯨也能應付。

——奇蹟和意志之力，這類方便主義每次都捨棄昴。正因為是個性彆扭的昴，才能找出這股不對勁感的答案。

消滅型之霧的威力是絕對的。因此，白鯨犧牲耐久力，以增加數量為優先。

數量的暴力——若討伐隊的心靈因此受挫，戰爭就能宣告落幕了吧。

很難想像魔獸能理解人心的弱點，甚至打起了心理戰。但就事實而言，白鯨的「分裂」就是有這樣的能力。

要是當時昴沒有反抗放棄的影子的話，會變怎樣呢？

現在的昴不會知道，要是當時沒有放聲怒吼的話會怎樣。目睹方才要是沒有大叫出聲的未來——現在的昴一點也不想要那種可能性。

到時又要重新長時間盯著白鯨的臉看，這可敬謝不敏——

「——怎麼了!?」

得到結論的昴，面前原本追擊他的白鯨動作產生變化。原本浮在低空的身體摩擦地面，看起來像是因體內的異物感而感到不舒服的舉動。接著。

「姊姊，就是現在！」

「手摸不到癢的地方很難受喔——！咪咪也懂——！」

看到大好時機的黑塔洛跳出去，誤解白鯨動作的咪咪也跟著。雙胞胎以呼吸相合的動作左右夾擊白鯨，同時張開嘴巴——

「哇——！」「哈——!!」

來自左右的咆哮波令白鯨的胴體彎曲，衝擊波穿越外皮直達內臟。硬質肌膚裂開，龜裂紋爬行，流血之後——

「——喝啊啊啊啊啊!!」

摩擦地面的下腹部從內側鼓起，擠出血肉後破裂。深紅色體液像濁流般流淌，乘著這股血流被吐到外頭的是——

「威爾海姆先生!?」

被白鯨整個生吞，性命叫人擔憂的劍鬼回來了。

討伐隊壓制亂動的白鯨，這段期間昴衝向威爾海姆。全身染滿血的威爾海姆單膝跪地，用劍撐起上半身。

「太…太不成熟……太…大意了……！」

「不要講話比較好！啊啊，可惡，雖然不知道說什麼比較好，但你活著回來真的要謝天謝地。趕快去菲莉絲那邊吧！」

伸出手的昴為威爾海姆超越想像的傷勢屏息。雖然還有力氣握劍，但全身包含被扯碎的左手，都已經是瀕死狀態。

要是現在不立刻給治癒術師治療，油盡燈枯的生命之火很可能會熄滅。

然而威爾海姆卻堅決辭退昴伸過來的手，把體重放在劍上，咬緊牙根試圖憑己力站起。

「還、沒。我還可以……」

「是說這種話的時候嗎！你會在白鯨面前死掉的！我可不想聽到這種程度死不了或是想睡這種話！攸關生死的事沒人比我懂啦！」

「您、您在……說什麼……」

喝叱滿身瘡痍的威爾海姆後，昴硬是抱起他的身體。接著是貓人姊弟到爭論的兩人旁邊會合。

「爺爺出來了——！」

「威爾海姆先生，您沒事吧⁉」

跑過來的雙胞胎一看到重傷的威爾海姆，立刻各自行動。咪咪朝老劍士的傷施加簡易治癒魔法，這段期間黑塔洛仰望昴，說：

「姊姊的治癒魔法沒法治好這樣的傷。菜月先生，可以帶威爾海姆先生到菲利克斯先生那嗎？」

「啊啊，果然！威爾海姆先生看起來就很嚴重。不趕快治療的話就來不及了！其實可以的話我是很想帶他過去啦……」

轉頭的昴，瞪著意欲再起的白鯨。

腹部的傷口很深，傷口的出血也不見停止的跡象，但持續從全身的嘴巴吐霧的魔獸，其戰意看起來跟威爾海姆一樣堅毅。

戰力可以與白鯨抗衡的現狀，毫無疑問昴的攪局貢獻良多。要是這時昴帶著威爾海姆脫離戰線，戰局有可能會惡化。

「這樣會影響戰況，再來就是一個弄不好我可能會把白鯨帶到傷患區。威爾海姆先生可以拜託你們嗎？」

「我們的萊卡是可以幫忙……您想到什麼了嗎？」

黑塔洛從昴那接過威爾海姆，但因為體格差距，所以很辛苦地將人放上萊卡。接著他仰望昴，拉著笑咪咪的姊姊的手，說：

「若有勝算請讓我洗耳恭聽。如果不行，我就必須拉著姊姊的手逃離這裡。」

「咦～為什麼嘛——！又還沒幹掉那傢伙——」

「姊姊妳先安靜。」

面對弟弟的不容分說，咪咪不高興地嘟起嘴唇。

看著雙胞胎這樣的互動，昴點頭表達理解。

「說的也是。你們是傭兵。跟我和庫珥修小姐以及對白鯨有恨的騎士們不一樣，只不過是被金錢雇用。……沒有理由賭上性命。」

「只是沒有捨命的理由。還請不要誤解了。」

雖然臉和態度都很懦弱，但黑塔洛毅然地陳述意見。俯視個頭才到自己的腰的小獸人，昴深深吐氣後，說：

「抱歉，可是沒時間了。我認為有勝算。總而言之，先將威爾海姆先生帶到後方……雷姆和庫珥修小姐，我必須找她們談談。」

飛跨上旁邊的帕特拉修，視線掃向頭上。

憤恨地瞪著在空中悠哉游泳的魚影——

4

「白鯨分裂了？」

「嗯，不會錯的。我的根據是傷口的位置和戰鬥力。坦白講，直接跟牠交手的庫珥修小姐們也是這麼感覺的吧？」

「雷姆打到忘我……不過，可能真的是這樣。」

會合的雷姆和庫珥修，聽了昴的說明後都面露理解點頭。

將威爾海姆交給黑塔洛的萊卡送至後方，就和共騎一頭萊卡的雙胞胎一同找戰場的主戰力說明「詭計」。

主力脫隊的期間，壓制兩隻白鯨的任務就交給騎龍隊和「鐵之牙」。雖然用高昂的士氣和巧妙的合作蒙混過去，但能用在作戰會議的時間也不過才數分鐘——

這段期間，必須擬定打倒白鯨的對策。

「——牠們比原本那隻弱，這個推測我同意。但是，知道這點又如何？雖說因為負傷而弱化，但威脅依舊凌駕我們。就算有菲莉絲的治療，退出者也無望回歸戰線。」

「少了威爾海姆先生和里卡德真的很傷，不過也無法勉強他們。只能在沒有他們的情況下想辦法贏了。」

「殺了三隻白鯨，嘴上說說很簡單，卻是很高的障礙。」

「沒必要殺死三隻。——只要一隻應該就夠了。」

聽到昴的話，庫珥修挑眉。

朝著興致盎然的她點頭，昴指著天上的魔獸。

「讓自己的兩個分身戰鬥，自己卻在高空觀望的那傢伙，妳覺得到底是在做什麼？」

「不加入戰局，專心治療傷勢……？」

雷姆沒自信的回答，讓昴搖頭。

就看起來的感覺，白鯨雖然被稱為魔獸，其生態卻不脫生物的範疇。至少，似乎沒有高速自動再生的方便能力。

既然如此，天上的白鯨的任務就是——

「牠才是本體嗎？」

「我是這麼推測。」

昴點頭同意做出同一個結論的庫珥修。

老實講，一切都不過是想像。

只是，三隻白鯨的原型確實是在天上的那一隻。而且從增加的白鯨被打到倒地卻得不到後援的情況來看，堅守空中崗位的白鯨毫無疑問有負擔的任務。

「那傢伙不下來，不幫忙任何一邊的自己，我認為理由就是有牠不得不做的事。」

「是蠻合乎道理的。可是，反過來說……」

「底下這兩隻，就算殺了也可能對本體不痛不癢。」

就算千辛萬苦打倒，屍體化成霧散去後，搞不好會生出新的個體。

這樣一來戰鬥就進入看不見終點的無限迴圈。結果面對沒有接觸限制的白鯨，這邊會先早早投降。

「那隻不下來的理由，和打倒的方式接上線了。不過，問題在怎麼做？又沒有飛到那麼高處的攻擊手段。」

靜靜看著的黑塔洛丟出現實的問題。

聽到幼貓的問話，庫珥修用琥珀色的眼神刺向頭上的白鯨，說：

「就連我使用加持之劍，攻擊到那個距離後就沒法對威力有所期待。一刀的話還可以，但白鯨不會因此而墜落。」

逃到上空的白鯨，高度幾乎和雲差不多。

躲到比一開始出現時還要高的地方，顯現出白鯨的惡劣個性。

那個位置就算用魔石砲射擊，命中率也會大幅下降吧。

「雷姆，有辦法在那傢伙的旁邊做出冰山嗎……」

「對不起。瑪那離手邊越遠就越難操控。羅茲瓦爾大人的話可能可以，但雷姆就……」

對現下的解決對策感到能力不足的雷姆一臉懊悔。

對她的答案揮手說沒辦法的昴仰望天空。

——是有想到一個作戰方法。

只是先等庫珥修的答案，黑塔洛他們的答案，再來是雷姆的答案，但既然沒人能擬出最佳策略，那就只好採用很不想採用的次佳策略。

「有個賭博要素很強的作戰法……要試試嗎？」

閉上一隻眼睛，在揭露次佳策略前，昴先問她們的覺悟。

但是，那可以說是不識趣的問話吧。

——在急馳而來這裡的時候，她們就已對賭博毫無猶豫。

——昴知道，因為她們就是這樣的大笨蛋。

5

——白鯨平靜地從高空俯視眼底的戰爭。

正好以直衝天際的大樹為中心，將平原分割為左右兩塊戰場。

不管是哪一邊的戰場，小小的人類們都纏著魔獸的巨軀不放，用手中的鋼鐵插進去，或是扔出發光的石頭，做些耍小聰明的抗爭。

火焰翻騰，每當從下方傳來魔獸的哀嚎，游在空中的白鯨就會吐出白霧。

籠罩平原的霧會幫助底下的分身，確實地將矮小敵人趕向劣勢。

忙不迭動來動去的影子隨著時間經過，數量正逐漸減少。被吞進「霧」中，存在消失在這世界上。
等吞光所有人，這場無益的戰鬥離結束也就不遠了。
戰況的糾結失去平衡，離瓦解只是時間的問題。
白鯨若有人類的智慧，一定會這麼想並確信自己一定會得勝吧。
但是，白鯨其實沒那樣的智慧。
白鯨只是順從本能，避免本身被消滅，才採取殲滅對手的行動。
為什麼會下這種判斷呢？去問野獸的本能是沒有意義的。
反正白鯨就是依照本能，冷靜確實地折磨獵物。
「嗄——————!!」
吐出霧，將地面慢慢染白。
雖然出現妨礙而中斷，但白鯨有著以「霧」覆蓋全世界的使命。那也是本能的指令，這麼做更是白鯨的生存意義。
像這樣，意識離開眼底光景的白鯨，突然轉動巨大的單眼，重新將意識瞄準大地。
因為牠感知到瑪那以迅猛的氣勢收縮，所以看向流動的根源。
「亞爾・修瑪。」
龐大的瑪那漩渦中心，站著藍髮少女。
跪著，花時間給予凝聚的瑪那指向性的少女正面，緩緩構築出一把又長又大、具有尖銳前端的冰槍。

十公尺等級的冰凍凶器，銳利的前端對準白鯨的中心。

其威力就算遠觀也知曉其威脅，但在射出前就被白鯨察覺卻是致命傷。

「——拜託了！」

接受少女的祈禱吶喊，冰槍從地面朝空中射出。

目標當然是游泳的白鯨的身體正中央。

逐漸加速，以破空之勢逼近的冰之殺意——然而，為了得到加速度的時間，以及發射的瞬間被看見，使得目的沒能達成。

白鯨甩尾，揮風游過空中。只是這樣，冰槍就偏離目標。

沒能命中的可悲冰槍，就這樣通過白鯨的身旁，射向空中遠方——

「————？」

冰槍通過的瞬間，有什麼碎裂的細微聲傳到白鯨的聽覺。有鑑於兩者的質量差，聽得見可說已經是奇蹟。

那是無可挽回的聲響。惡魔般的天之奇蹟這麼告知白鯨。

「——喲。這麼近距離看，你超噁心的耶。」

白鯨的鼻頭有輕盈的觸感。

剛好察覺到額頭上有東西著地的同時，方才通過的冰槍消失無蹤，白鯨嗅到瑪那擴散的波動。

——接著，還聞到位在頭頂、難以忍受的惡臭源頭。

「跟過來吧。先聲明，我可是被人公認惹人嫌到沒法無視的男人喔？」

惡臭露出充滿惡意的笑容後，白鯨聽到他這麼說。

6

搭乘雷姆的魔法冰槍到了空中，在那邊打碎退魔石後離開——爬上白鯨，就是昴所擬定的亂來作戰梗概。

當然，雷姆強烈反對，但昴以「我相信雷姆！」的連聲呼喚蓋過，說服庫珥修這不是有勇無謀的行徑後接過退魔石。

若是顯而易見的大魔法，白鯨應該可以避開。如此預測的昴在裡頭羅織真正的陷阱。假如白鯨沒有避開，那抓著冰槍尾巴的昴有可能在衝擊下粉身碎骨。在某種意義上，這是這場戰鬥中最嚴峻的生死關頭。

「講是這樣講，但狀況也沒好到哪去……是說，真的好可怕——！」

死命抓著白鯨的鼻子，昴邊用手掌品味粗糙肌膚和體毛的觸感，邊在高空強風和強大生物的腥臭味下皺眉。

爬上白鯨的昴——也就是魔女的遺香之塊，讓白鯨的模樣驟變。

之前採壁上觀的魔獸很明顯地陷於興奮狀態，全身的嘴巴流出霧和口水跟笑聲，粗魯盛大地歡迎昴。

「——好。」

接受讓人開心不起來的歡迎，昴大口深呼吸，鎮定心神。

當然，昴接下來不可能放出什麼讓白鯨墜落的必殺技。

單憑覺悟才華就睜眼，現實才沒那麼好咧。就算抱著粉身碎骨的覺悟當場施放紗幕，在分不清前後左右的情況下，自己只會不知不覺地鬆手摔死而已。

所以說，昴爬上白鯨要做的只有一件事。

「好啦，開始幹吧——都做好覺悟了嘛。」

在白鯨行動前，放手的昴身體滑下岩肌——進入自由落體的軌道。並非蠢到不小心鬆手，但開始朝著地面墜落。

白鯨把頭轉向執行大規模自殺行為的昴，身子微微動一下像是想追，但又猶豫什麼而停止動作。

要是牠就這樣目送昴送死，那麼佔領制空權的優勢地位就不會動搖。白鯨本能理解到這點，所以忍耐遺香的誘惑停止追昴。

原來如此，頗難對付的本能。可是，這樣我會很傷腦筋。

因此，只好出王牌。

「這種高度不用怕會被其他人聽見。大放送，聽好囉！都是因為你害死雷姆，搞得我背負著嚴重的心理創傷!!」

說完的瞬間，沐浴在狂風中的昴的肉體被切離世界。

全身的感覺遠去，方才內臟彷彿被上抬的漂浮感所支配的意識看不見現實，被邀請至不存在時間概念的地方。

接著——

『我愛你。』

有什麼在耳邊低喃。

下一秒——劇痛像閃電竄過昴的全身。

從看不見的背後侵入的手掌抓住心臟，粗魯卻又像在確認重要之物般，慢慢地縮緊。

掌管性命的器官被粗暴對待的無現實感。

致命的部位被別人自由入侵的異物感。

連要慘叫都沒法如願的世界已經結束，是由風聲和自己的哀嚎通知的。

然後——

「回來……啦啊啊啊啊啊!!」

「吼———!!」

眼前，張開大嘴的白鯨猛然朝著昴急速下降。

魔女的香氣在禁忌的告白下增強，魔獸被超越本能的厭惡給覆蓋。

白鯨咆哮，失去正常的眼睛已經看不見底下的戰爭，龐大的身軀只為了消除昴的存在而衝過去。

颳起颶風，逐漸縮短距離的白鯨讓昴畏懼。

自由落體時無人可依靠，所以昴沒有避開白鯨衝刺的方法。要是在抵達地面之前就被白鯨抓住，就直接進入BAD END 11「魚餌」。

要是，就這麼下去的話。

「——雷姆!!」

「是，昴！」

昴的呼喚幾乎被風抵銷，但少女確實有回應。

同時，眼中只有昴的白鯨的側臉，被從旁邊飛出來的冰柱撞擊——蹂躪敞開的口腔，折斷好幾根黃色牙齒，動作出現停頓。

趁著這空檔，跨坐在帕特拉修背上的雷姆以晨曦之星繞住墜落中的昴。

綁住腰部的鐵鍊，強行改變墜落軌道導致內臟移位。「咕噁！」昴慘叫，想起以前也曾嚐過同樣的衝擊。

下墜的身體被雷姆這樣拯救已經是第二次，第一次是搭龍車前往王都途中昴踩空的時候。

「什麼都要經驗過呢……」

所以這次才沒暈過去。

拉動鐵鍊，昴的身體有點粗魯地掉到帕特拉修的背上。那兒有張開雙手的雷姆在等著，昴就直接飛進她懷裡。

埋首於柔軟的衝擊和溫暖的觸感，昴吐氣。

「得救了！」

「謝謝招待。」

「說什麼啦!?」

在抱住自己的雷姆胸口，臉紅的昴慌張地抬起頭。

白鯨的臉就通過身旁——

「吼————!!」

沒法煞車，白鯨從頭撞擊地面。

轟然巨響和土塵從爆裂的地面揚起，大地在撞擊力道下震動。

沐浴在宛如爆炸氣浪的強風裡，昴指示帕特拉修全力奔馳——背後是衝破土塵飛出來的白鯨。

撞擊威力強到頭部血肉模糊，但白鯨還是忘我吶喊緊追昴不放。

這種拼命的樣子，看不出牠剛剛在高空游泳的悠哉。游動的方式也變得亂來，以像是超越風的速度在跟帕特拉修比勝負。

不過，只有氣魄是壓倒性的強。

白鯨刮削地面，尾巴拍打大地，猛然追在身後。

身體前傾把體重整個壓上去，昴用帕特拉修的潛力賭命。

地龍來到這後努力又拼命地為昴鞠躬盡瘁。雖然時間很短，但昴對牠已經有著把命交給牠奔馳的信賴。

「拜託了，帕特拉修！你是龍吧!?讓我看看你帥氣的地方！」

「——嘎！」

帕特拉修嘶吼，從撲面的風感受得到速度又提升一階。

筆直朝前，專心一志地奔跑。跑，超越一切地跑。

不斷往前游，迅猛逼近，想要吃掉昴的白鯨。

然後——

「吃我這招——!!」

「喝——!!」

二連發轟然巨響，緊接著是像剁下什麼東西的連續聲。

沒法無視的聲音間隔越來越短，益發接近，不久產生巨大影子，最後發出沉重的聲響直接朝著白鯨——富魯蓋爾大樹倒下了。

「嗄——!!嗄——!!」

魔石砲、不可視之刃、咆哮波——集中的破壞力挖掘根部，賢者種下的大樹歷經數百年的歲月，壓爛危害人類的魔獸巨軀。

頂天傲立的大樹，從正上方敲爛直直往前衝的白鯨。在次元上有別於以往的破壞力，讓白鯨強韌的外皮都失去了防禦的意義。

慘叫，強大的衝擊波穿越魯法斯街道，爆風驅散霧。

被壓在大樹下，動都不能動的白鯨痛苦吶喊拉長尾音。牠的生命力強大到都承受這種威力了，卻還能保住一命。

掙扎、想要逃離超級重量的白鯨，鼻子前——

「——獻給吾妻，特蕾希雅・范・阿斯特雷亞。」

舉起跟主君借來的寶劍，一名劍鬼翩然降臨。

為了將這場賭上生死的激鬥，和長達十四年的執著，以及人類與白鯨綿延四百年的戰爭歷史——拉上終幕。

第五章　『威爾海姆・范・阿斯特雷亞』

1

——來談談威爾海姆・托利亞斯這號人物吧。

威爾海姆是露格尼卡王國的地方貴族，托利亞斯家的三男。

托利亞斯家是歷史悠久的世家，其領地在王國最北、緊鄰古斯提克聖王國的國境線。話雖如此，以武士之家名滿天下都是過去的事，威爾海姆出生的時候，這個家族就只是個領地小、領民少的弱小男爵家。

老實說，不過就是沒落貴族的一個例子。

跟哥哥們的年齡差距很大，所以威爾海姆的成長過程沒有繼承家業這障礙。而且跟哥哥不同，欠缺當文官資質的他，與劍的相遇可說是為他揭示了未來之路。

裝飾在宅邸大廳的劍，是過去托利亞斯家在王國留下武名時的痕跡，對現在的托利亞斯家而言就只是觀賞用的寶劍而已。

那個契機，威爾海姆也不記得了。

連整把拿起都沒有，就直接把寶劍拔出鞘，被那鋼鐵的美麗給吸引。只有這瞬間記得清清楚楚。

回過神時自己已經擅自拿著寶劍，跑到後山從早揮到晚。而這也成了每天的例行工作。第一次碰到劍是在八歲，到已經習慣劍的重量和長度、手腳長長遠離拙樣的十四歲時，威爾海姆成了領地內最厲害的劍士。

「我要去王都，加入王國軍。我會在那成為騎士。」

只要是男孩子都會有過的念頭。留下這樣的夢話後就衝出家門，也是在十四歲的時候。契機是在暴風雨的夜晚，跟大哥起口角。一心練劍，跟領地的壞孩子結夥耍流氓的威爾海姆，被哥哥罵：「未來想做什麼？」

揮劍，實際感受到自己變得強大。僅是如此便覺得歡喜。

面對毫無未來展望的弟弟，哥哥的說教十分嚴苛。正確言論一直堆積，被講到詞窮的威爾海姆衝出家門前，說的就是前面那番話。

還有針鋒相對以及約定俗成的「哥哥你根本就不懂我的心情！」，結果就是威爾海姆只拿了一點錢和劍就離家出走了。

預料之外的啟程，但前往王都的路途都平安無事。

意氣風發地抵達王都後，威爾海姆快步前往王城，拍打能讓自己以王國軍士兵名留歷史的大門。

以現在的時代來說，這種做法只會讓他被視為想通過王城大門的不法之徒，等著他的當然是閉門羹。

可是在當時，王國以國土東部為中心，正與亞人族聯軍打內戰——亞人戰爭拖得又長又久，志願兵不管招募多少都不夠。

而這時，有個多少會使劍、推銷自己的少年現身。因此威爾海姆受到熱烈歡迎，毫無障礙地就加入王國軍。

然後，在與挫折和辛勞無緣的情況下，踏上初征之路。

在那裡，少年頭一次知道名為現實的牆壁。在故鄉無人出其右的劍術，不適用於戰場上有實力的人，被自己的有勇無謀和自戀給擊垮。

那是任誰都會品嚐到、因為年輕而有的挫折以及初征的洗禮。

——沒錯。本來任誰都會這樣。

但是，威爾海姆的劍術造詣，在這個時間點就已經輕鬆凌駕不知實戰的十五歲年輕人的領域。

「什麼啊。沒什麼大不了的嘛。」

在初征就做出亞人死屍山，把劍插在上頭的少年兵。

那模樣，令每個人都不禁對他染血的未來感到畏懼。

威爾海姆不尋常的劍力，是在故鄉日日揮劍鍛鍊出來的。

從早到晚，直到精疲力盡之前都持續揮劍。這樣的日子從八歲持續到十四歲，六年來從未間斷。

即使加入王國軍，只要時間允許就奉獻給劍的生活也沒有改變。

同個部隊裡頭有一、兩人關照這樣的威爾海姆，但他揮開他們的手，在少年蛻變為青年的歲月裡都埋頭練劍。

不曾被現實挫敗，但對自己也不滿意，威爾海姆就這樣帶著難以處理的鬱悶感情，在戰場上持續揮劍。

用劍割開他人的肉體，沐浴在鮮血中，證明自己比被奪去性命的對手還要強——他只知道在這瞬間萌芽的昏沉喜悅。

他的高超劍術廣為人知，沒有受封為騎士的鄉下劍士，不知不覺成了在王國軍和亞人聯軍口中的「劍鬼」。

馳騁戰場，只在砍人時會笑的劍之鬼。

——那名字成了畏懼和嫌惡的代名詞，不管是敵人還是同夥都避開他的存在。

立下無數功績，但騎士授勛一事從未找上威爾海姆。

跟其他人合不來，毫不享樂一味練劍，在戰場上又不顧伙伴自行大鬧肆虐，衝進敵陣開出血花後又回來。

——這樣的存在，根本不符合騎士這樣的光榮稱號。

正因為在自古就崇尚騎士道精神的王國，因此不管對國家做出多偉大的貢獻，威爾海姆始終被視為異類，不斷被旁人疏遠。

然而，他本人也沒有想過要改變這樣的狀況。

像名騎士往榮譽攀升，和他人競賽靈魂的高潔，這些他從未想過。

戰爭就是有人會死，血流成河，性命潰爛。

對那感覺樂在其中的自己不適合當騎士，要是當了騎士就不能享受那感覺的話，自己才不要去當呢。

對戰鬥的扭曲渴望，長期侵蝕威爾海姆這名青年的心。

而這樣的生活出現破綻是在他十八歲——加入王國軍三年，「劍鬼」之名在軍中無人不曉的時候。

2

——一頭美麗紅色長髮，側臉漂亮到讓人心頭顫抖的少女。

那是戰線持續擴大，即使拒絕依舊被勒令從前線回到王都、強迫休假時發生的事。

脫離蔓延血腥、火藥和死亡氣味的戰場，時間多到沒處花的威爾海姆一手拿著愛劍穿越城門，前往王都城邑。

衝出老家時，帶出家門的托利亞斯家寶劍早已破破爛爛，但相伴十年來還是這把愛劍用得最順手。也不是沒用其他的劍，但要埋頭互奪性命的話還是這把劍最棒。

威爾海姆的身影，走向城邑裡頭一個人影都沒有的通道。

目的地是王都角落，在開發途中被放棄的荒廢區塊。

王都城邑是由貴族街、商業街，然後是平民街相連而成，原本開發中的地區是要延長這些區塊，但很久以前作業就中斷了。目前也沒有要重新開發的跡象，據說在現在的內戰結束前都將維持原樣。

「──────」

早上的開發區毫無人氣，就算有，也只有基於不良目的而把這裡視為地盤的鼠輩。稍微散發一點劍氣，就立刻鳥獸散的小人物。

連這些不法之徒，對於每逢假日就來開發區專心揮劍的「劍鬼」也感到畏懼，最近都不會隨便接近。

「哼，這樣正好。」

不在王城練兵場，而是在城邑揮劍，是因為聽不到煩人的聲音，可以安靜地沉浸在自己的世界裡頭。

威爾海姆的鍛鍊，不冀求與他人劍鋒相對。

他和腦子裡想的劍士面對面，以猛然抽出的鋼鐵迎擊。自幼持之以恆的修練，都是在和對當時的他而言最強大的敵人交鋒。

然而，最大的敵人總是——

「眼神太兇狠了。」

被殺意塗滿的瞳孔，和瘋狂扭曲的嘴角。

和他交鋒，有著虛無眼神的劍士，就是每天早上在鏡子裡頭看到的自己。

——對威爾海姆而言，最大的敵人總是自己。

這不是精神論，而是根據講究實力的現實看法。

在戰場上敵對，就意味著互奪性命。除了要能在賭上生死的戰場持續存活，再來就是至今的戰場上從未有超越威爾海姆的強者。

既然如此，視為勁敵交鋒的對象，不就只有怎麼殺也殺不死的自己了嗎。

所以威爾海姆假日都會到能夠獨處的地方埋頭與自己跳劍舞。

不斷重複在現實中當然不可能實現的白刃戰。唯有這樣，才能確實感受到自己活著的意義——

「唉呀，對不起。」

那一天，闖進「劍鬼」世界的異類，是名貌美的少女。

揮劍，與自己相殺——為此而涉足開發區的威爾海姆，察覺到有人先來而停下腳步。

平常，威爾海姆利用的是開發區最裡頭的空地。踏足地比較平整，寬敞度也沒話說的絕佳地點——可是，卻有個異類就坐在威爾海姆平常休息的地方，朝著這邊歪了歪小巧的腦袋。

「這麼早就有人來這呢。來這個地方——」

「——」

少女微笑，朝威爾海姆出聲。

但是，威爾海姆卻以劍氣作為回禮，想要趕走她。

就跟平常驅趕礙事蟲子的感覺一樣。普通人一被劍氣打中就會拔腿快逃，就算是同行，察覺到威爾海姆的能耐後也還是會快速離去吧。

但是，那名少女無動於衷。

「……怎麼了嗎？好恐怖的臉。」

她若無其事地擋開威爾海姆的劍氣，接著這麼說。

感到焦躁的威爾海姆咂嘴。

劍氣不管用的對象——代表是跟武術完全無關的人。

如果是會稍微施暴的人，就會對自己的劍氣有所反應。

但是，對與暴力無緣的人來說，就只是單純的威壓。視對象而定，也有只是瞇起眼睛就承受威壓的人。

眼前的人物，很明顯就是後者中的後者。

「女人，大清早跑到這種地方來幹嘛？」

面對女子的視線依舊黏著自己一事，威爾海姆口出惡言。

「嗯——」少女輕輕振動喉嚨回應。

「是很想把這句話原封不動還給你，不過那樣講有點太壞心了。畢竟你生著一張不喜歡人開玩笑的臉。」

「這一帶很多不法份子。一個女人家閒逛很危險。」

「唉呀，你在擔心我嗎？」

「我也有可能是那些不法之徒喔。」

諷刺地回應少女的幽默，威爾海姆敲響劍柄主張武器的存在。

但是，少女對他的舉動正眼都不瞧一眼，反而指著後面說：「你看——」

坐著的少女指向倚靠的建築物的後頭。威爾海姆站的位置看不見，只能皺眉，結果她招手。

「我不是很想看……」

「沒關係啦。過來過來。」

像哄小孩一樣的口氣讓威爾海姆臉頰痙攣，但還是讓自己鎮靜下來到少女身旁。和坐在高處的少女並肩，探出身子往建築物後頭看。

「──────」

是一片被早晨朝陽照耀的黃色花海。

「這區塊不是很久之前就停止開發了嗎？我想說不會有人來，就撒了種子。為了看結果才來這的。」

少女壓低音量，像在對無言的威爾海姆坦白秘密。

每天都來這裡，卻從未注意到這片花海的存在。明明只要稍微伸長身子，放寬眼界的話就看得到。

「你喜歡花嗎？」

少女問還是沒開口的威爾海姆。

臉轉向她，凝視露出微笑的臉龐。然後──

「不，我討厭。」

扭曲嘴巴，低聲回答。

3

──在那之後，少女和威爾海姆常常相遇。

假日，一大早前往開發區，她卻比威爾海姆先到那個地方，一個人吹著風安靜地看著花海。

然後，察覺到威爾海姆來了——

「你喜歡花嗎？」

就這樣問他。

搖頭否定，為了忘記她的存在而專心揮劍。

汗流浹背，與自己的相殺結束後抬起頭，就會看到她還在那。

「妳還蠻閒的嘛。」

最後一定會朝她丟這句諷刺話。

慢慢的，對話時間一點一點增加。

原本只在練劍後對話，後來揮劍前也會稍微交談，揮劍後的對話時間也稍微拉長了。

接著，前往那地方的時間變早，有時還比少女先站在花海前，聽著她懊惱地說：「哦，你今天真早呢。」然後衝著她笑。

——在互報姓名之前，這樣的邂逅應該有三個月之久。

特蕾希雅。報上名字的少女吐吐舌頭說：「現在才講。」

回報姓名的威爾海姆則是說：「我之前都在心裡叫妳花女咧。」結果惹得她鼓起臉頰。

知道名字後，變得稍稍會去問對方的事。之前都是聊些無關緊要的話，但之後開始慢慢改變。

有一天，被特蕾希雅問為什麼要揮劍。

威爾海姆毫不多想，直接回答：「因為我只會這個。」

還是一樣，回歸軍隊後，血腥的日子依舊歡迎威爾海姆。

與亞人的內戰與日劇烈，鑽進用光魔法的對手懷中，從胯下割開到下巴。每天都淡淡地重複這些作業。

奔馳，破風，衝進敵陣割下大將的首級。一手拿著割斷脖子的劍回到自己的陣地，沐浴在混有稱讚和畏懼的視線中，吐氣。

突然，注意到在這個戰場，腳下有一朵被血染濕卻還迎風搖曳的花朵。

不自覺發現，自己會留意避免踐踏到花。

「你喜歡花嗎？」

「不喜歡，討厭。」

「你為什麼要揮劍？」

「因為我只會這個。」

和特蕾希雅的既定對話——講到花的時候，威爾海姆可以笑著回應。可是講到劍的時候，理所當然的台詞不知不覺帶著痛苦。

為什麼揮劍呢？

我只會這個。想到停止思考的那些日子。

認真去尋找這問題的答案，威爾海姆回到第一次握劍的那一天。

那時候，劍在威爾海姆的手中，還不知道浴血的感覺。

毫無陰影的刀身，澄澈的鋼鐵映照光芒，自己在想什麼呢？

那一天，陷在找不到答案的思考漩渦中，走到跟平常一樣的地方。

腳步沉重，一想到要跟等在目的地的少女面對面就感到憂鬱。

這可能是有生以來頭一次這麼煩惱。

什麼都不想就行，一直揮劍不就好了嗎？

在做出這麼武斷的決定時。

「——威爾海姆。」

先抵達的少女回過頭來，微笑著呼喚自己的名字。

——突然，靈魂被動搖了。

雙腳停止，無法忍受湧上來的東西。

突如其來的自覺襲向威爾海姆，像要壓爛身體。

扔棄一切到達「專心揮劍」這個結論，停止思考被擱置不理的所有東西都噴出來了。

不知道理由。連有沒有契機都不明確。一直往上蓋的堤防被追上，突然就迎接潰堤的瞬間。

為什麼揮劍？

為什麼開始揮劍？

劍的光芒，劍的強大，以劍刃而活的勇敢，我憧憬這些。

這些都是理由之一。雖然都是理由之一，但起頭應該是不一樣的。

「哥哥們辦不到的事，必須由我來完成。」

揮劍這檔事，哥哥們是徹底生疏。

即使如此，他們還是用自己的方式守護那個家，想要幫上他們的忙，所以才用不同的方法來探索保護托利亞斯家的方式。

就這樣，被劍的光芒和強大給吸引。

「你喜歡花嗎？」

「……不討厭。」

「你為什麼要揮劍？」

「因為我……只想得到這種保護的方法。」

在那之後，那個既定對話就不曾再出現。

取而代之的，是自己丟出話題的狀況變多。回過神來，比起揮劍，前往那兒的目的變成見特蕾希雅。

原本應該要專心練劍的地方，讓一直沒在活動的腦袋旋轉，變成了並非揮劍，而是聊天的地方。

在戰場的「劍鬼」開始改變，也是那個時候。

至今都是隻身衝入敵陣，熱中收割首級的戰鬥方法，不知不覺變得開始有了如何減少我方損害的念頭。

比起殺敵，優先掩護我方的姿態，使得周圍看待他的目光自然改變。

從態度惡劣時就不斷接觸威爾海姆的戰友，對他的變化感到喜悅，同時內心百味雜陳。

——被人叫喚，和自己叫人的情況也變多了。

至今完全無緣的騎士授勛話題出現，也變得稍微有受封的打算。

得到相稱的名譽，內心也開始有了榮譽感。

「上頭提到授勛的事，我成為騎士了。」

「是嗎？恭喜。離夢想更近一步了呢。」

「夢想？」

「你是為了守護才握劍的吧？騎士都是為了守護某個人而生的。」

在想要守護的東西裡頭，威爾海姆察覺那抹笑容深深烙印在其中。

4

時間又過去。

成為騎士，在軍中接觸的人增加，聽到的情報也自然增加。

嚴重的內戰宛如泥沼，各地的戰線戰況都時好時壞。威爾海姆也一樣，不只勝戰，也經驗過好幾次敗戰。

每次都焦急地要保護劍所能及的範圍內的人，即使如此，碰不到的領域發生的事卻叫人懊惱。這樣的日子不斷持續。

——戰火燒到托利亞斯家領地。會聽到這消息單純是偶然。

在軍中交到的新朋友，偶然把這件事傳到威爾海姆耳中。

原本內戰是以國土東部開始，現在戰火已經擴大到北方的托利亞斯領。

——沒有命令。

以受封騎士的立場而言，是不得忘記對王國的忠誠，做出擅自之舉。

但是，對初次握劍時的初衷再度回到心中的威爾海姆而言，那樣的障礙毫無意義。

趕回懷念的故鄉，但那兒已經因為敵軍進攻化為火海。

離開超過五年的光景，眼熟的景色逐漸褪色的現實，令威爾海姆拔劍，放聲衝進血霧中。

砍倒敵人，踏過屍骸，叫到喉嚨嘶啞，渾身濺滿血。

寡不敵眾。這裡是沒有援軍，原本戰力就很弱的領地。

跟與戰友一同挑戰的戰場不同，威爾海姆只有一人，連撤退的機會都沒有。

被迫體會到只憑一己之力戰鬥會有何種下場，然後負傷再負傷——終於不能動彈。

自己也倒進堆起來的屍體上，即使如此，無止盡的敵軍依舊蜂擁而至，威爾海姆理解到死亡已迫在眉睫。

跟著自己南征北討的愛劍掉在旁邊，但手指已經沒有舉起它的力氣。

閉上眼睛回想這一生，裡頭只有一直在揮劍的自己。

多麼寂寞，又一無所有的人生。

正要這麼下結論的一瞬間——途中接二連三冒出人們的臉。

雙親，兩個哥哥，在領地一起惡作劇的損友，王國軍裡的戰友和上司——最後出現以花海做背景的特蕾希雅。

「我……不想死……」

為劍而生、為劍而死的路是自己的心願。本來以為是這樣。

但實際上像這樣將一切全交給鋼鐵的生存方式，原先期待的生命終結來到眼前時，襲擊威爾海姆的就只有難以忍受的寂寥感。

但他那沙啞的最後遺言，被他砍死許多同伴的敵兵可不允許。

超乎人類體格的大塊頭軀體，毫不留情地舉起大劍朝威爾海姆揮下——

「——」

——這時，迸發的斬擊之美讓自己這輩子永生不忘。

劍風呼嘯，每次吹過都切掉亞人族的手腳、脖子、身體。

喧囂乘著敵勢如怒濤撲來，但衝過去的銀閃卻比那還快上幾倍，隨隨便便就量產死亡。

在眼前上演的，是宛如惡夢的光景。

血花飛灑，連臨終前的痛苦都沒有，亞人的性命被接連收割。

淋漓盡致的斬擊讓被砍的當事人都不知道，生命燈火就這樣被無情吹熄。

那是殘酷之舉，還是慈悲為懷？已經無人知曉。

要說知道的，就只有一件事。

——那樣的劍之領域，自己這輩子永遠都到不了。

自己毫不吝惜地將不長的人生大半都奉獻給揮劍的生存方式。

正因為威爾海姆是這樣的人，才能清楚理解眼前的劍技有多麼高超。

也理解到那是沒有才能的自己絕對到不了的領域。

假如威爾海姆在故鄉生出的是血霧之谷，那眼前擴展的就是血海。堆積的屍山高度，也根本不能比。

在侵攻托利亞斯領地的亞人族被殲滅之前，銀閃之舞都沒有停止。

望著壓倒性的殺戮，被遲來的王國軍同伴們扛起。即使被問還好嗎、治療傷勢，威爾海姆的目光都離不開那身影。

不久，搖晃細長劍身，劍士悠然離去。

發現對方身上連一滴血都沒有，戰慄貫穿威爾海姆。

伸出的手，碰不到遠去的背影。

威爾海姆碰不到的，絕對不只物理上的距離。

「劍聖」的異名，及本人的名字，都是在回到王都後才聽到。

劍聖之名取代劍鬼威爾海姆，開始在各地聞名，也是在同個時候。

「劍聖」——那是過去斬殺為世界帶來災厄的「魔女」的傳說存在。

被劍神所愛的男子的加持，如今也存於一族的血統，被代代相傳的族人繼承並持續誕出下一代的超越常人者。

這一代的劍聖之名之前尚未公諸於世——但也只到那時。

5

戰傷痊癒，前往老地方是在幾天後的事。

握著愛劍，平靜踩踏地面，威爾海姆前往花田。

——她應該在那。帶著這股確信。

然後確信成真，特蕾希雅也是老樣子坐在同個地方。

「————」

在她回過頭來之前，威爾海姆先拔劍衝了過去。

畫出半圓的劍刃割下她的頭之前——劍尖被兩隻手指給夾住。

驚嘆卡在喉嚨，威爾海姆的嘴邊浮現兇惡笑容。

「真屈辱。」

「……是嗎。」

「妳一直在笑我吧？」

「————」

「回答我啊，特蕾希雅……不對，『劍聖』特蕾希雅・范・阿斯特雷亞!!」

用力奪回劍，再度砍過去，她卻以輕盈到連頭髮都沒亂的動作避開。

被舞動的紅髮吸引目光，緊接著腳被絆倒，連受身都來不及就悽慘倒地。

劍鬼之刃，完全碰不到連把劍都沒拿的劍聖。

無可奈何的牆壁，無計可施的差距，橫亙在兩人之間。

「我不會再來這裡了。」

砍了幾次，每次都遭受反擊後，威爾海姆被打倒。

愛劍在不知不覺間被她搶到手中，還被劍柄毆打，不知何時到了連一步都動不了的地步。

好遠。還有好弱。碰不到。遠遠不夠。

「露出那種表情……別給我用那種臉握劍啊……」

「因為我是劍聖。我本來不了解握劍的理由，但後來了解了。」

「什麼理由……！」

「為了守護某個人而揮劍。我認為那很不錯。」

——喜歡看花，找不到握劍意義的特蕾希雅，是威爾海姆給了她握劍的理由。

正因為比任何人都強大，劍技無人能及的她，反而沒有理由。

「妳，給我等著。特蕾希雅……」

「————」

「我會從妳那搶走劍的。誰管妳被給予的加持還職責。不要瞧不起揮劍……不准看輕劍刃、鋼鐵之美，劍聖……！」

女子遠去的背影，沒有停留。

被留下的，就只有朝為劍所愛的劍聖述說劍之美的愚蠢之鬼。
在那之後，兩人再也沒在那兒相遇。

6

劍鬼從王國軍消失，取而代之的是劍聖的威名震響軍中。
一夫當關，萬夫莫敵——彷彿體現這句話的特蕾希雅，轉眼間就扭轉了內戰的戰況。雖說只是個人，但其武勇已經超出個人領域，威震八方的「劍聖」異名對知曉過去傳說的亞人們而言根本是絕望。
內戰結束，是「劍聖」在戰場出沒後兩年。
亞人聯軍的幹部被剷除，和平協議透過彼此的現任領袖舉行會談討論，至少持劍者的戰爭宣告落幕。
為了慶祝長久的內戰告終，王都舉辦一場雖小但華麗的活動。
在儀式中，預定要頒發好幾枚勳章給美麗強大的劍聖。
為了親眼一睹紅髮「劍聖」特蕾希雅的英姿，國人前往王都，狂熱地包圍住結束漫長艱苦的戰爭之英雄——一名少女。
——就在此時，劍鬼翩然現身，斬斷那股狂熱。

面對手持出鞘之劍的狂徒，以及不尋常的劍壓，警備士兵們個個緊張不已。

但是，制止他們走到前頭的，就是儀式的焦點・劍聖。

兩人簡直像商量好似地登上舞台，持劍對著彼此。

紅色長髮在風中搖曳，與入侵者正面相對的少女姿態，任誰都為之屏息。

其站姿美麗洗鍊，與劍合一的樣貌用盡筆墨也難以形容。

相較之下，與劍聖對峙的人物，其劍氣是多麼惹人生厭。

披著的褐色上衣和底下的肌膚，貼著乾透的雨水和泥巴。手上的劍跟劍聖握的儀式用聖劍相比寒酸萬分。唯一有裝飾的劍身已經坑坑巴巴，上頭還有咖啡色的鐵鏽。

與兩人在同個舞台上、坐在後方的國王，制止想要為劍聖打氣的騎士們。大家都收緊下顎，扼殺聲音，等待劍聖的劍刃一閃。

開始來得十分突然，在大部分的人眼裡兩人看來像是消失了吧。

揮舞的劍刃互相咬合，高亢的撞擊聲穿越觀眾之間。

閃光與鋼鐵聲響形成連鎖，捲起風，兩道影子以眼花繚亂的速度在舞台上飛舞。

目擊這光景，在愕然失聲的人們心中來去的，就只有被壓倒的龐大感動。

攻守以迅猛之勢交替，站立的位置從地板換到牆壁又換到空中，於此同時兩名劍士都在重疊劍刃。那模樣，甚至有人看到流淚。

聽著合奏的鋼鐵聲響，只能為震撼本能的壯烈如癡如醉。

人類，原來可以臻於如斯領域。

人與劍，可以給予他人美妙的感嘆到如斯地步。

劍戟交錯，短兵相接，刀刃閃爍，幾度互彈。

然後終於……

「————」

褐色劍刃從中間折斷，前端旋轉飛舞至天空。

然後，劍聖手中的儀式用劍——

「是我…」

「————」

「是我贏了。」

聖劍落地出聲，折斷的歪斜劍身正抵在劍聖的咽喉。

時間在那時停止。所有人都領悟到。

——劍聖輸了。

「比我弱的妳，已經沒有持劍的理由了。」

「我要是不拿劍……有誰……」

「妳揮劍的理由由我繼承。妳就當我揮劍的理由吧。」

撥去上衣的帽兜。

褐色污漬底下的撲克臉，正瞪著特蕾希雅。

面對威爾海姆這樣的態度，特蕾希雅輕輕搖頭。

「好過份的人。把別人的覺悟和決心全都糟蹋了。」

「那些被糟蹋的一切，全都由我繼承。妳就忘記自己曾握著劍，悠哉地……對了，種花吧。邊種花，邊在我後頭安穩過日子。」

「在你的劍的守護下？」

「對。」

「你要保護我？」

「沒錯。」

手貼著抵著自己的劍腹，特蕾希雅往前一步。

在近到呼吸碰得到彼此的距離，兩人相望。

蓄積在濕潤雙眸中的淚水，沿著特蕾希雅的微笑滑落。

「你喜歡花嗎？」

「變得不討厭了。」

「你為什麼要揮劍？」

「為了守護妳。」

彼此的臉靠近，距離縮短，最終消失。

接觸的嘴唇分離，特蕾希雅紅著臉，偷偷看威爾海姆。

「你愛我嗎？」

「——知道就好。」

背過臉，粗魯地斷言。

頓時，原本看劍舞看到著迷的人們回過神，衛兵一齊湧過來。

看到衝過來的士兵裡頭有熟悉的面孔，威爾海姆聳肩。

他那樣冷淡的態度，惹得特蕾希雅鼓起臉頰。

彷彿回到在那個老地方，兩人看著花田相視而笑的日子。

「有些事還是希望能聽人親口講出來啦。」

「呃——」

抓抓頭，難為情地皺著眉頭，最後無可奈何的威爾海姆回過頭，在特蕾希雅的耳邊說：

「等哪天有那個心情的時候。」

就用這句話帶過他的害臊。

7

——閃耀的寶劍輕易地割開宛如岩石的外皮，掀起一陣風。

「哦哦哦哦哦哦哦哦哦哦哦哦——!!」

彷彿追在邊吶喊邊衝刺的老劍士後頭，從生成的劍傷噴出的鮮血逐漸將天空染為朱紅。

滿身瘡痍的姿態。

左手看起來就像要自連接著肩膀的地方掉下來了，濡濕全身的血液有白鯨和自身的血，混合起來變成暗紅色。

在僅少的時間內，治癒魔法的效果頂多只能止住傷口出血以及恢復些許體力。被吩咐一定要靜養的重傷狀態，依舊沒有改變。

但是，看到現在的威爾海姆，有誰能嘲笑他是瀕死的老人家。

看他雙眼的光彩，看他奔馳的有力步伐，看他使出的高超劍技，聽到響徹四周的吆喝，被他靈魂的光芒吸引，有誰可以訕笑這名老人的人生總結呢。

劍刃奔騰，白鯨慘叫，掙扎的龐大身軀在劇痛下顫抖。

魔獸被壓在大樹底下動彈不得，而馳騁在牠背部的劍鬼之刃毫無躊躇。從頭部前端刺入的斬擊劃過背部，直達尾部，落地後又割開下腹朝著頭部跑回去。

一劍——又長又深的銳利銀閃繞了一圈，將白鯨一刀兩斷。

白鯨跳動，然後靜止。劍鬼再度站到白鯨的鼻頭。

甩動染血的劍，劍鬼的眼神和白鯨的單眼——兩個宿命交錯。

「我不打算罵你為惡。對野獸訴說善惡之理是沒用的。我跟你之間，就只存在著強者消滅弱者的生死之理。」

「────」

「睡吧。──永眠了。」

最後留下小小的叫聲，白鯨的眼睛失去光彩。

巨大身軀失去力氣，落下的身體和滴落的鮮血發出地鳴和紅色濁流。

感覺著流到腳底的血流觸感，任誰都沒法說出一個字。

寂靜降臨魯法斯街道，然後──

「結束了，特蕾希雅。終於……」

站在不再動作的白鯨頭上，威爾海姆仰望天空。

手中的寶劍掉落，用空著的手掩面，失去劍的劍鬼顫抖地說：

「特蕾希雅，我……」

用沙啞的聲音，喊出從未稀薄的愛意。

「我愛妳──!!」

那是只有威爾海姆知道，曾經沒說出口的愛語。

直到失去心愛之人的那一天，都不曾化做語言的積年情感。

過去被她問到時，本來應該要告訴她的話，隔了幾十年的歲月，威爾海姆終於說出口了。

在白鯨的屍骸上，放掉劍的劍鬼淚流呼喊對亡妻的愛。

8

「──在此，白鯨沉沒了。」

凜然的聲音平穩地在平原的夜中響起。

聽到那聲音，說不出話的男人們抬起頭。

他們的視線，傾注在跨著白色地龍，從容向前的少女身上。

綠色長髮散亂，在激戰中所受的傷使得身上的裝飾一類慘不忍睹，自己的血染髒了臉龐，外表看上去實在不太光采的人物。

可是少女的姿態在他們眼中，卻比先前的任何時候都還要閃耀。

假如靈魂的光輝決定一個人的價值，那這就是理所當然的了。

「────」

在騎士們的視線中抬起頭，威風凜凜的少女深深吸氣。

因為出借了寶劍，所以現在的庫珥修並未持劍。

因此她舉起拳頭伸向天空，讓所有人都看到她握緊的手。

「活了四百年之久，持續威脅世界的霧之魔獸——由威爾海姆・范・阿斯特雷亞成功擊殺!!」

「——哦哦!!」

「這場戰役，是我們贏了——!!」

由主君高聲宣告勝利，倖存的騎士們放聲歡呼。

霧散的平原，再度恢復成夜晚。

月光以應有的夜晚之姿，普照地面上的人們。

——橫跨數百年的時光，白鯨戰在此終結。

第六章　『通往梅札斯領地之路』

1

——歡呼聲傳遍灑滿月光的平原。

騎士們高舉的劍映照著月光，閃閃發光的景致也是美景一絕。

白鯨的巨軀橫躺在富魯蓋爾大樹底下，而包圍牠的一群人正被狂熱包覆。每個人都為勝利而喜悅，為達成宿願而感動落淚。

而朝這樣的歡天喜地潑冷水的……

「吼————!!」

兩聲強大的咆哮，像要蓋過歡聲雷動般撼動魯法斯街道的大氣。

不是被殺死的白鯨，而是失去本體的兩隻白鯨分身。

接受本體的死亡，在地上打滾的分身身體開始變得稀薄。

本體無法再供給瑪那，使得牠們無法維持肉體。只要放著不管，可悲的身影不消數分鐘就會消失——

「不識趣。」

用一句話斬斷那醜態，揮動的手釋放看不見的風刃。

伴隨強風的風之斬擊從頭部切入，輕而易舉地割開扭動的白鯨的外皮——龐大軀體被分為左右兩邊，然後其存在真的煙消霧散。

剩下的一隻也被討伐隊的魔石砲一擊炸成原本的霧，被吹散的瑪那融進大氣，巨軀完全消失。

這次，白鯨討伐戰才是真正的告終。

但是——

「不能一直沉浸在歡愉中。」

手貼胸膛，自覺內心高昂不已，但庫珥修搖頭不讓感慨表現在臉上。

大家同心協力打倒邪惡魔獸，故事有了美好結局。

——現實才不會這麼單純就結束。

只有童話故事才能有這樣的結局。美好結局之後的現實，還有無窮無盡必須去做的事。

救護倖存的傷者，厚葬留下屍骨的死者，探索沒有留下屍骨的死者的足跡。

然後，思索這些善後事宜的庫珥修注意到。

白鯨屍體的稍遠處，最大功臣正在死命叫喊。

2

「雷姆！雷姆，睜開眼睛啊……！」

抱起癱在懷中的少女，昴拼命地朝著失去血色的臉蛋叫喊。

靠在旁邊的地龍，用黑色鼻頭擔心地摩擦昴。

但是，現在包圍昴的焦躁感強烈到他沒法回應地龍的關心。

——讓白鯨追著昴的氣味，成為大樹的墊背作戰法完美地成功。

因為要砍倒歷史悠久的大樹，所以有人反對這個作戰法。但是走合理主義的獸人傭兵團沒有責備，就連庫珥修也展現了「覺得必要的話那就乾脆地砍了吧」的氣度。

結果，擬訂戰法的昴背負著極大風險將作戰法付諸執行，最後帶來了出乎意料的戰果。

可是，代價如果是這樣的話，那就太超過了。

「妳不可以這樣……拜託了，雷姆……要是妳不在……！」

眼前，閉著眼睛的雷姆在昴的呼喚下依舊沒有反應。

無力的手腳毫無反應，呼喚名字的哽咽聲穿過她的耳膜，卻沒有傳達給她，空泛地在虛空響盪。

——被白鯨猛烈追擊，還要在大樹樹幹逼近時奔跑。

大樹的重量直擊魔獸，劇烈地鳴和衝擊隨意刮走四周的一切。其中也包含跑在旁邊的昴他們。

被分不清上下的劇烈衝擊吞沒，但昴記得自己被溫暖的感觸所守護。理解到這一點的瞬間，驚人的衝擊聲轟然響起，連同溫暖感觸也一併被敲向地面。

穿過朦朧的意識夾縫，昴察覺到自己倒在地上。

然後抬起頭，發現自己被某個人抱住——是直到最後都抱緊自己的雷姆。

「……昴……昴。」

「雷姆——!?」

她的眼皮顫抖，底下的瞳孔以無力的光彩映照昴。

映照在眼眸裡的自己，弱小得似乎快要下意識認清逼近至眼前的現實了。

「太好了……嗯，是我。妳知道吧，我是昴。雷姆，身體……」

「昴……還好昴平安無事……」

喉嚨哽住。

看到昴聲音哽咽，無法好好吐出擔心自己的句子，雷姆放心地微笑。

毫不在乎自己受傷，只要看到昴平安無事就開心。

「魔獸……怎麼樣了……」

「……掉下來了。終於幹掉了。很順利喔。一切都進行得很順利！我渾身上下都沒有傷……全都是多虧了妳……」

「這……樣啊。那，羅茲瓦爾大人，和愛蜜莉雅大人……也一定…沒事……」

「會沒事的。交給我吧。所以說雷姆，妳現在什麼都不要說，好好休息……不對……不要閉上眼睛……啊啊，可惡，該怎麼做……」

又不能勉強她講話。可是，雷姆不說話又讓人不安。無可奈何的命運強制力，簡直像是要從昴的手中搶走她的性命。

怎麼辦才好？不知道。能幫她什麼忙？不知道。

因為不知道，所以昴只能握著她的手，收緊環著她的手臂力道。

「好痛喔，昴……」

「對不起。抱歉。可是，不這樣的話，我怕妳會……」

「雷姆哪兒都不會去的。……雷姆會…待在…昴的身旁……」

面對像是哭泣小孩鬧彆扭的昴，雷姆依舊漾著慈母般的微笑，然後身體突然失去力氣。她的身體在懷中變柔軟的觸感，讓昴的喉嚨在恐懼下結凍。

耳朵深處聽見血液倒流的聲音，感覺被一切扔棄。

「雷姆……？雷姆！拜託妳，雷姆……睜開眼睛……」

「怎麼覺得…好想睡……對不起。雷姆稍微睡一下，醒來後再……繼續…為了昴……」

「那種事沒差啦！妳什麼都不用做，只要跟我在一起就好……所以說，求求妳，雷姆……！」

明明就在懷裡，卻開始漸漸遠離。拼命地想留住她，昴死命地擠出聲音。可是，眼前的雷姆卻聽不見。

「雷姆可以……說任性話嗎？」

「……！可以，儘管說！我什麼都聽、什麼都會做……！」

「可以說……喜歡雷姆嗎？」

仰望昴的雷姆，用沙啞的嗓音、微弱的聲音，小聲傾訴。

用湧上來的淚水清洗變模糊的視野，昴點點頭。

然後，湊近她的臉。

「我喜歡妳。」

「————」

「我最喜歡妳了。這是一定的吧……沒有妳我根本什麼都做不成。」

發自真心的話。

假如要在這瞬間灌注昴的全部，那這就是貨真價實的真心話。

沒有她的話就到不了這裡。沒有她的話根本活不下去。

「啊啊……好高興……」

接受昴的告白，淚水自雷姆閉上的眼睛深處溢出。

幸福地承受被投以的話語，雷姆的臉頰羞紅，最後突然真的虛脫。

「等一下……」

「雷姆愛你，昴。」

「開什麼玩笑，待在我身邊啊！妳又想讓我只留下後悔嗎！」

在可回顧的未來裡，無法忍受沒有她的存在。

這種事早在很久之前就知道了，如今她的存在變得非常、非常的大。

所以說——

「笑著聊的未來裡卻沒有妳……我討厭那樣。」

「在那未來裡，雷姆也可以待在你身邊嗎？」

「……那當然啦。我才不會讓妳去別的地方咧。」

閉上眼皮，甩落冒出的眼淚，昴筆直地凝視雷姆。

然後，一口咬定。

「妳是我的人。我不會交給其他人的。」

「——一言為定。」

「咦？」

突然冒出頗為理性的應答，昴驚愕出聲。

然後，雷姆慢慢睜開閉著的眼皮，一副沒事樣地從昴的懷抱中撐起上半身。然後對著無法掌握狀況、愕然的昴歪頭微笑。

「昴的身邊已經被雷姆預約了。……說出口的話不能撤回喲？」

快死的樣子跑哪去了？

帶著惡作劇和開玩笑，雷姆閉上一隻眼睛，手指輕觸昴的嘴唇。

昴肩膀下垂，整個人癱坐在地。

「妳……妳、妳……妳──」

「是，雷姆在此。是名副其實的昴的雷姆喲。」

慣例的回答如今聽來十分厚臉皮，昴氣到接不下去。

儘管如此，眼前的少女確實平安無事，所以雖然是真的生氣也不奇怪的場面，但還是喜不自禁。

「彼此都坦白過真心話以後，妳很多方面都太超過了吧……」

「認真談起戀愛的女生是很厲害的喔，昴。」

已經毫不隱藏對自己的愛慕的雷姆，讓昴語無倫次。

因為害臊和其他原因而臉紅，但昴小聲吐氣道：

「……妳要是死了，我也會跟著去死。」

「能讓昴這麼想，雷姆真是幸運兒。」

「不是開玩笑啦。」

聽到雷姆輕笑的回答，昴以毫無虛假的心情回應。

要是真的失去雷姆，昴一定會讓世界重來吧。就算沒有被給予重新再來的機會，也一定會去挑戰。

因為現在的雷姆，在昴的心中佔有極大的位置。

「那，雷姆就絕對不能死囉。」

「那當然啦──。就算死了，我也不會讓妳死。」

臉湊過去，額頭抵著額頭，在近距離下凝視彼此。

雷姆憐愛地盯著昴這樣的舉動，在呼吸都能碰到對方的距離下，少女的模樣讓昴心癢難耐。視線自然地被粉紅色嘴唇吸引，心跳也感覺微微加速──

「──兩位，點到為止就好囉喵？」

在不遠處安靜地看著他們濃情蜜意的菲莉絲，一臉厭煩地在關鍵時刻打岔，當個徹底的電燈泡。

他似乎一直盯著看。──這個明知故犯的傢伙。

3

「那樣拼死拼活地呼喊喵，昴啾也真是可愛捏。沒有妳我也活不下去……！」

「住口，吵死了！你這種在旁邊偷看的壞興趣應該要好好反省！」

「其實冷靜下來就會知道了喵。負責治療傷者到處奔走的菲莉醬沒有馬上趕過去的時候，不就可以知道雷姆醬的傷勢沒有危及到性命嗎～」

「那時哪是可以冷靜的時候！說喜歡自己的……重要的女生……受傷又還失去意識，腦袋會混亂是很正常的吧！」

「在許多時候都沒能明白說出口這點，是男生的純情啦～」

把昴的怒吼當耳邊風的菲莉絲，邊把冒著青光的手掌朝向雷姆邊嘻皮笑臉。雖然看到他的側臉昴就面露不耐，但在看到雷姆表情逐漸舒緩後就難掩安心。

其實菲莉絲的話有很多讓人無法認同、點頭的地方，但從重傷者先治療的他把雷姆放在後面才治療是事實。

既是殲滅白鯨的功勞者，又是別處陣營的戰力。他的主人不可能允許雷姆和昴被草率對待。

在昴歸納出這樣的結論時。

「你平安無事嗎，菜月‧昴。」

菲莉絲的主人——庫珥修悠哉地踩著草現身。

雖然被血和泥巴弄髒，但挺直脊梁的站姿還是很美。

是個高尚感未曾消失，還在戰爭後自然飄盪著餘韻，渾然體現戰乙女這個詞彙的麗人。

「還過得去啦。庫珥修小姐也平安無事，真是太好了。」

「那是我。不過，討伐隊的損耗絕對不少。即使消滅白鯨，消失的東西也不會回來。」

朝著舉手回應的昴點頭的庫珥修，眼中帶著些微沉痛，轉動脖子。她的視線投向如今已成大樹墊背的白鯨屍體。

那兒聚集著傷勢較輕、倖存的討伐隊隊員，似乎是要移除白鯨身上的大樹。

「那是要幹什麼？」

「必須運走白鯨的屍體。還有成為作戰犧牲品的富魯蓋爾大樹，也有必要做些處置。正因為是戰後，所以不得閒。」

「運走……那個大得要命的屍體？」

確認是不是自己聽錯了，但庫珥修的態度沒變。昴的視線連忙回到白鯨身上，眺望全長有五十公尺長的巨軀。

「不可能吧？」

「辦不到不是理由。牠是四百年來一直在世界空中游動的威脅，所以牠的屍體是可以讓人心得到真正安寧的鐵證。最糟糕的情況，是就算只有頭也要帶回去。」

庫珥修的話雖誇張，但昴重新認定她的判斷是理所當然的。原本，討伐白鯨對庫珥修而言，就是要在王選過程揭示給眾人的成果。

當然，庫珥修並非優先炫耀功績的卑鄙之人，這點在這場戰鬥中已經充分展現。話雖如此，這次的功績真的是大到不能小覷。

原本就是王選最有力的候補人選，國民的支持度又高，若靠這次功勞爭取到原本令人擔憂的商人勢力好感度，那庫珥修的位置就穩如磐石——

「唉呀，說不定我太拼囉？」

事到如今，才注意到援助其他陣營導致後悔莫及的程度太高。

一切都是為了回到愛蜜莉雅陣營的行動，儘管如此，會不會做過頭了呢？

這樣的預感，讓昴有了遲來的後悔。

「表情很悶悶不樂呢。——看不出來是擊落白鯨的英雄的臉。」

「被愛蜜莉雅醬罵的第一句話就是背叛者……等等，妳剛剛說什麼？」

「擊落白鯨的英雄。你的功績，卡爾斯騰家可沒恬不知恥地全部佔為己有。」

視線從白鯨屍骸移回來，庫珥修用宛如利劍的視線洞穿昴。

那誠實的光輝令昴眨眼，與她正面相對。

而庫珥修朝這樣的昴，緩緩地手貼胸膛，說：

「這次的協助，不勝感激。要是沒有你就無法成功消滅白鯨，我的路會在中途就斷絕了吧。」

她邊說，邊深深朝昴行禮。

「——」

被清高的庫珥修表達真摯的謝意，昴在熱情下渾身僵硬。

在這之前，不曾被這種立場高高在上的人說過這類話。

「別、別……別這樣。我沒做什麼了不起的事……」

「說中了白鯨出現的時間和地點，為了備齊只有討伐隊的不足戰力而奔走，振奮士氣受挫的騎士們的決心，獻出攸關自身性命的起死回生策略，以上全都完美達成，還將勝利交到大家手上。」

面對吞吞吐吐的昴，庫珥修列舉昴在這次的戰鬥中採取的行動成果。

聽到被這麼井然有序敘述自身行動的總結，簡直就是…

「活躍到連我自己都覺得腦袋有問題……」

「勇猛奮鬥，是說法不同吧。不過，在這場戰鬥立功的人毫無疑問是你。要是你的行為被瞧不起，我以我的名譽發誓會導正他人。」

以認真表情直接稱讚昴的庫珥修，沒有任何盤算和猶豫。

誠實，唯有彷彿體現這兩字的人物說出的話和感謝的念頭，不帶一絲虛偽吧。

再想到出發前晚上跟庫珥修的關係，昴苦笑。

「我的評價似乎改善很多，嚇到我了。」

「用不著謙虛。而且，我不得不承認幾天前對你的看法有極大錯誤。你帶來了難能可貴的幸運。原本以這功績，會讓我想邀請你加入卡爾斯騰家，並支付相應的報酬。」

「這就饒了我吧。」

瞇起眼睛的庫珥修，低聲邀請昴投入自己麾下。

但是，昴卻立刻舉手拒絕她的邀請。

「雖然跟忠誠和忠義不同，但我的信賴已經寄託在該寄託的地方。妳人不錯，就算當上國王也一定可以做得很好，我是真的這麼想……」

庫珥修一定可以成為引導人民的高尚女王吧。

有那樣的器量，以及稍微知道了她會想成為國王的理由。

正當的理由，與相稱的覺悟，一定有被託付給她的遺志。

這些囊括起來，形成庫珥修‧卡爾斯騰這名女性。

她這樣的人品，對昴這個一直在說謊的小人物來說耀眼無比，還是懷抱欽羨，憧憬的理想。

「——我會讓愛蜜莉雅坐上王位。」

「——————」

「不是為了誰，而是我想這麼做。」

「……雖然早就知道，但回答得可真快。」

接受昴的回答，庫珥修雙唇一綻，點頭。

接著鬆開抱胸的雙手，白皙手指握成拳頭，朝向昴。

「好吧。你的功績就用別的形式回報。以庫珥修‧卡爾斯騰之名發誓，我會完成這個約定。」

嚴正地說完，庫珥修鬆開拳頭，望向自己的掌心。

然後微微降低語調。

「在我記憶中，這還是第一次被人如此爽快拒絕邀請。絲毫不見你煩惱的模樣，反而令我有種神清氣爽的敗北感。」

「……庫珥修小姐是很棒的人。要是我無依無靠，一定會想要支持妳吧。」

沒有靠邊站、還沒定下來的話，當庫珥修這樣的人物朝自己伸出手，自己一定會毫不猶豫地撲過去，緊緊抓著交出一切。

可惜，現在的昴有想要伸出手抓住的對象，搖搖欲墜的不爭氣背影也有人支撐。

所以說，不能握住她的手。

「同盟的事，就拜託了。不管最後會以何種形式敵對，在那之前都讓我們好好相處吧。」

「──菜月・昴。我要訂正你一個想法。」

聽到昴的回答，庫珥修的笑容消失，以嚴肅的表情抿緊嘴唇。

空氣再度緊繃，昴驚訝地瞪大盯著她看的雙眼。

看他這樣，庫珥修豎起一根手指，然後指向昴的臉。

「即便一決雌雄的機會來到，我也會對你友好以待。」

「──────」

「縱使訣別之日有朝一日必定到來，我也不會忘記你今日的恩情。因此敵對時刻來臨時，我會向你表達敬意、友好到最後。」

放下立起手指的手，庫珥修以凜然之聲斷言。
她這樣的舉動，這次真的讓昴的背脊竄過寒意。
那不是來自負面情感，而是被偉大之人的氣勢壓倒才有的感情。
——這就是卡爾斯騰公爵，庫珥修・卡爾斯騰這號人物。
「要是我心中的一號和二號人物空著的話，真的會很危險呢。」
「——呵。身為女性，倒是沒想過對你的感覺就是了。雖然不是沒有觸動心弦的場面，不過我的心已經寄託在夢想盡頭。——在抵達那位大人渴望的夢想之前，都將如此。」
面對以耍嘴皮來帶過內心動搖的昴，庫珥修也淺笑回應。只是，她話中的後半段極為小聲，連昴都沒聽到。
眨眼間就忘了感傷，庫珥修以冷靜的目光接著說：
「那麼，可能的話，我會就這樣帶著傷者和白鯨的屍體回王都。但是，你似乎還有什麼使命。」
「……果然有加持的人就看得出來呀。」
「看到男人的這種目光就能知道，用不著加持的力量。」
盯著昴的黑瞳，閉上一隻眼睛的庫珥修這麼回答。接著她從上往下打量昴。
「你似乎也沒受傷。冒著風險，是有必做之事吧。」
「就算重傷都得完成。講了很抱歉，某種意味上，是為了完成那個才來狩獵白鯨的。」

「哦——討伐白鯨是順便嗎。」

說法聽起來會令人不悅吧，但庫珥修沒有生氣的樣子。

反而還對說到這種地步的昴的目的興致勃勃。

「我很有興趣。——會和卡爾斯騰家締結同盟，也是考慮到那件事吧。既是如此，倒也不是沒想過會站在被要求的立場上。……需要人手嗎？」

「需要。可是……老實說我沒想到狀況會嚴重到這種地步。」

環視都是傷兵的討伐隊，昴為計畫落空垂下肩膀。

殺死白鯨後，昴接下來要回到有愛蜜莉雅等著的梅札斯領地，而那就意味著要對上那討人厭的集團。

正因為要和那強敵作戰，所以需要庫珥修他們的力量，但——

「這麼多人受傷，不敢勉強。不僅感情方面，庫珥修小姐也有身為當家的立場和意見吧。這種狀況，要再出借人手實在……」

「——既然如此，就盡情使喚我這副老骨頭吧。」

突然介入對話的，是以平穩步伐靠近的修長身影——全身都是魔獸噴出來的血，現在也還一副悽慘壯烈的老劍士，威爾海姆。

劍鬼踩著讓人感受不到他受傷的腳步走過來，然後將右手握著的寶劍奉還給庫珥修。

「庫珥修大人，在下向您歸還借用之物。另外，這次這件事，在下由衷向您致上謝意。在下的悲願能夠達成，是因為庫珥修大人協助。——謝謝您。」

「我的目的和你的悲願，剛好利害一致罷了。——那把劍，先暫時由你拿著。接下來赤手空拳可幫不上忙呀。」

「——是。萬分感激。」

威爾海姆致謝，庫珥修簡短回應後看向昴。

接受命令，威爾海姆轉向昴。

「————」

重新靠近，他身上飄散的血腥味逼人，噴發的劍氣即使沒那個意圖，依舊帶來在昴的小膽量上插劍的緊張感。

只是，在戰前緊繃的氣氛——已經解除。事實上，現在的威爾海姆看起來心情很舒暢。

老劍士直盯著昴，然後當場跪地。

是出戰前一晚所展示過、向對方獻上最高敬意的最敬禮。

然後——

「菜月・昴殿下。此次討伐白鯨能成功，都多虧了您的協助。此身能夠全竟活至今日的意義，都是因為有您。真的非常感謝。——我將賭上所有，表達我的感激。」

「————」

半生奉獻給劍，然後花了十幾年終於完成復仇的威爾海姆。

被這樣的他投以的感謝和龐大熱情吞沒，可是昴怕自己結巴所以不敢出聲。

平心靜氣片刻，重整氣勢，等待能夠朝眼前的老人正確發聲的那一刻。

面對威爾海姆的覺悟，自己不能讓他看到丟人現眼的一面。

「能成功是因為威爾海姆先生本身的力量。因為你不斷思考、調查如何打倒白鯨，並且不斷鍛鍊、不肯放棄地戰鬥……」

品嚐過無數次挫折，應該曾有過執著無法實現而放棄的時候。

不可能沒有面臨想拋棄一切、從偏執獲得解放的誘惑過。

屈服於內心的軟弱，輸給自己，被命運阻撓的不講理。正因為昴比任何人都清楚這些，才懂威爾海姆的強烈想法在開花結果前所受的苦難。

所以。

「因為你深愛著妻子，才能夠打倒白鯨。能夠稍微幫上一點忙，是我的榮幸。我不知道這麼說對不對……不過恭喜你。還有——辛苦你了。」

「——————」

聽到昴的話，威爾海姆抬起頭，張大他的藍眼睛。

昴所感受到的想法和感動，是自己擅自與威爾海姆的心境共鳴並想像的。不覺得剛剛那麼短的話可以完全表達，自以為了解的口吻想必讓威爾海姆聽了頗不是滋味吧。

但是，卻壓抑不了想這麼說的心情。

十四年，持續燃燒對亡妻的愛，持之以恆地走到這，不斷和命運戰鬥而勝利的前輩。應該要向他說些慰勞的話。

「——感謝。」

聲音顫抖的威爾海姆，簡短地這麼回答。

然後微微低頭，沉默數秒後站起。接著目光朝向庫珥修，接受她的頷首。

「從庫珥修大人那得到許可，此身將交給昴殿下。為了達到您的目的，請盡情使喚。」

「那真的是大有幫助，可是真的可以嗎？」

為了確認而看向庫珥修，她點頭表示肯定。

重新凝視威爾海姆，即使隻手負傷也不衰退的劍氣，讓昴同時感受到可靠和恐懼。

——威爾海姆的協助，對昴來說是稱心如意。

現狀是就算只有一些也想充實戰力，因此對劍鬼之力是渴望至極。但是，關鍵的威爾海姆所受的傷，就算是外行人也不得不判定是重傷。

「不會有問題的。」庫珥修如此回應昴的擔憂，然後轉頭。

「菲莉絲！」

「來~了，庫珥修大人！」

在庫珥修的厲聲呼叫下，菲莉絲像滑行一樣現身。

踩著雀躍的腳步站到庫珥修旁邊，輕輕搖動頭上的貓耳朵。

「什麼事，庫珥修大人。菲莉醬現在為了工作忙得不可開交，但是當然還是以庫珥修大人的要求為第一優先喲喵。」

「你啊，在發言途中好歹要有責任感啦！」

吐槽爽快扔棄身為治癒術師使命感的發言，結果菲莉絲苦著臉。看他那樣，庫珥修眺望討伐隊。

「有性命危急的傷者嗎？」

「重傷者都已經處理過了，不過性命垂危的人是零～喔。其他人的治療也做得很漂亮，菲莉醬真是好孩子。請稱讚喵。」

手指抵著臉頰賣弄媚態的菲莉絲，讓昴鬆了一口氣。

至少，雷姆似乎沒有危險。了結白鯨後的對話叫人擔心，但重新聽到平安無事果然還是比較安心。

「明白了。」無視他的安心，撫摸菲莉絲腦袋的庫珥修點頭說：

「剩下的傷者都可以搬運是嗎。既然如此，菲莉絲，你的工作到此結束。接下來你要和菜月・昴同行，完成我們同盟陣營的任務。」

「──咦!?」

庫珥修下達的指示，讓昴驚叫出聲。

命令菲莉絲從現在開始跟著昴。那無疑是比起自身陣營的傷者，更以同盟對象昴的判斷為優先的指示。

當然，那是有害庫珥修陣營的判斷，菲莉絲的反感——

「了解。菲莉醬接下來會跟昴啾同行。路上還得治療威廉爺呢。」

「讓你費心了。」

「相對的，威廉爺得為我們揮劍才行啊，不就扯平了喵？」

竟然完全沒有。

菲莉絲理所當然地接受指示，威爾海姆似乎也對這指示毫不驚訝。主子和兩名侍從的互動，讓昴難掩困惑。

菲莉絲就朝這樣的昴拋出媚眼。

「是說喵，沒事的討伐隊人數的一半……大概二十人喵？就帶著他們去幫昴啾囉。請多指教～」

「什麼請多指教！這樣好嗎？」

「什麼好不好喵？」

「還什麼咧……很多啦。你信得過我的判斷嗎？」

仔細回想，在王都對待昴的方式逼近挖傷口的人，除了菲莉絲以外別無他人。

每次都露出友好的笑容，隨時都裝著楚楚可憐的態度，但就是知道他對昴的弱小抱著強烈的輕蔑。

現在卻要他服從這樣的人，想當然耳會有排斥感。但……

「才不是相信昴啾咧，是不懷疑決定相信昴啾的庫珥修大人的判斷。你是不是搞錯啦～？」

「哦，喔……還真是多謝喔。」

像是在提醒，菲莉絲鼻子噴氣恥笑昴的想法。

這態度讓昴尷尬萬分，邊結巴邊道謝。看到昴這樣，菲莉絲笑意加深，小聲地說：

「……只是同類相斥罷了。」

「——？你剛剛說什麼？」

「沒有呀～？什麼都沒有喔。啊，對了。」

把昴沒聽清楚的地方隨便帶過後，菲莉絲刻意拍手。

「都忘了說，雷姆醬不能去……所以說，她會跟庫珥修大人一起回王都休息。懂了咩。」

「——為什麼！」

菲莉絲眨眼宣告，卻引來強烈的反駁聲。是在傷者行列中聽到這對話的雷姆。她惡狠狠地瞪著菲莉絲，說：

「雷姆沒事！雷姆無所謂。昴接下來要去危險之地，沒有雷姆怎麼可以……」

「就算這麼說，妳身體不能動了吧？幾乎是一個人克制一隻白鯨，還連續使用上級魔法……雷姆醬的身體現在是消耗過度，瑪那空空如也的狀態喵。身為治癒術師，不會讓妳再勉強自己～的。懂嗎？」

「可是！」

無法接受的雷姆站起來，還想說些什麼。

但是，想撐起身子的手卻無法使力，身體止不住顫抖，就快當場倒下。昴連忙跑過去，輕輕撐住她的肩膀。

「危險。……拜託妳照菲莉絲說的，不要勉強自己。」

「可是！不要。這樣很難受，雷姆無法忍受。」

回望身旁的昴，雷姆的藍眼珠盈滿斗大淚珠。

她不是怕被撇下。最叫她恐懼的是──

「昴有困擾的時候，雷姆想比任何人都先伸手幫忙。昴迷失道路時，雷姆想成為推你一把的存在。昴要挑戰什麼的時候，雷姆想在你身邊幫你停止顫抖。就這樣而已，雷姆期望的就只有這樣。所以……」

「如果是這樣的話，那不用擔心喲。」

「咦？」

泫然欲泣的聲音，和可愛無比的話語，都讓昴自然而然感到不好意思。

撐著她的肩膀，昴輕輕摸她的頭。

「我們的手隨時都牽著，我也已經被妳推過好幾把。顫抖的話，只要想著妳，總會有辦法的。──妳一直都在拯救我。」

「……啊。」

「沒事的，雷姆。所有的事，我都會想辦法解決的。我是妳的英雄。我已經決定朝成為英雄踏出一步了。所以說，妳什麼都不用擔心。」

顫抖的雙眼仰望昴，帶著熱度的臉頰紅通通的。

昴朝這樣的她露出笑臉，是露齒的猙獰笑容。

「鯨魚也殺掉了。妳的英雄可是超級鬼上身喔。」

「昴……」

壓抑不住湧上的情感，想要呼喚昴的雷姆話說到一半就中斷。

然後她幾度煞費苦心吞下那衝動，喘氣幾次後，無法壓抑的東西就從眼皮底下溢出。

「——是。雷姆的英雄，是世界第一的英雄。」

她又哭又笑地這麼說。

4

包含雷姆在內的傷者和庫珥修，在回收白鯨的頭部後就要回王都。

她留下一半的士兵，跟著昴他們前往梅札斯領地。

以威爾海姆和菲莉絲為代表，與昴同行的討伐隊成員共二十四名。雖然人數比想像中的少很多，但一樣是令人壯膽的戰力。

而且，同行的不只他們討伐隊——

「啊～不過話說回來，好處全都被小哥給整碗端走咧！」

「團長——！咪咪也是！咪咪也很努力！超—級—努—力—的———！」

一個是為了保護昴而身負重傷到脫離戰線、但現在已經活跳跳的里卡德。另一個是即使身在賭命的戰鬥中依舊不失孩童天真的咪咪。

還不只他們，倖存的獸人傭兵團「鐵之牙」有十名左右的人參與。傷者由副團長黑塔洛率領，跟庫珥修他們回王都。

「話又說回來，弟弟明明累成那樣，妳怎麼還這麼有精神？」

「黑塔洛身體很弱！弱不禁風！實在是—好丟臉——！」

咪咪嘻嘻哈哈地嘲笑體弱的弟弟。但是，要昴來說的話，單純只是因為姊姊根本是體力笨蛋吧。

與其說她是戰鬥起來會快樂到不得了的狂戰士類型——不如說是任何事都能找到樂趣的終極正面思考者吧。真是叫人羨慕。

「消滅鯨魚的後半段，偶都沒做啥所以很擔心咧。因為有被大小姐叮嚀過。所以，偶決定在小哥真正要幹的事給它大活躍。」

「說什麼要在真正要幹的事活躍，你知道我打算做什麼嗎……」

「跟魔女教有關唄？」

里卡德突然壓低聲音說的話，讓昴喉頭塞住。

自然用力握緊騎著的地龍——帕特拉修的韁繩，漆黑地龍擔心地叫了昴一下。

看到昴僵硬的側臉，里卡德裸露利齒，笑說：

「用不著驚訝唄。商人可是講究情報的新鮮度，偶們可是被大小姐雇用。小哥的事，偶們可是好好打聽過咧。畢竟偶們耳朵很大咩。」

「對咩——！咪咪的也很大喔——！」

「沒在講妳咧，小不點。」

咪咪在奇怪的角度上對里卡德的玩笑話產生反應，結果里卡德苦笑。旁邊的昴抓抓頭，震驚之餘感受到安娜塔西亞的惡人特質。

話雖如此，接下來要一同行動，就必須跟「鐵之牙」的里卡德他們共享情報。可能的話，希望所有人、包含討伐隊都聚在一起商量。

出發前昴事先安排的保險有沒有發揮作用，趕不趕得上——

「唉喲，好像可以會合捏。」

「啊？」

昴正深思，身旁凝神看向前方的里卡德突然這麼說。

聽到這話連忙跟著看過去，但昴的眼睛卻看不穿夜晚平原的黑暗。不管他怎麼看，脖子都只是越來越歪。

「用不著那麼拼命，等個一下子就知道咧。放心唄。」

「一看就知道的人，就別裝模作樣啦。」

「是咧，講了就會被說是裝模作樣。——雖然有點遠，不過從對面過來的是偶們傭兵團的另一半。」

「另一半？」

聽到這話昴皺眉。

「鐵之牙」的另一半，也就是傷者，應該都回王都了才對。

「另一半的意思，就是原本的意思咧。一開始，偶們『鐵之牙』就只派出一半的人來討伐白鯨。因為剩下的一半有別的事要做咩。」

「是要做什麼？」

「要是有其他人闖進街道，就有可能被捲入戰鬥唄？所以說，就必須封鎖街道的另一邊。他們昨天晚上連夜出發，所以才沒機會跟小哥見到面。」

聽了里卡德的說明，昴點頭表達理解。

原本對他們沒有傾注全力討伐白鯨感到不滿，但畢竟都出借里卡德和咪咪這兩大主力了。考量到討伐失敗就有可能全滅，就不能說安娜塔西亞分散風險的判斷有誤。雖然不喜歡就是了。

這讓手牌少、除了全力投球外沒有其他選項的昴好生羨慕。

「那，現在過來的就是剩下的同伴囉。那邊是誰在負責？」

「咪咪的弟弟堤比——！就跟黑塔洛一樣，可以跟咪咪一起施展合體技喔——！很厲害————！」

誇張回答昴的問題的咪咪挺起胸膛。

光聽到她充滿朝氣卻又含糊的回答，就讓人對那一半的同伴感到不安。

「不不不，畢竟弟弟很踏實。所以另一個弟弟像姊姊或弟弟的機率是一半一半……？」

「用不著擔心，堤比是裡頭最聰明滴。帳目啦談判啦都是他負責，是大小姐的左右手咧。也很擅長應付咪咪，是黑塔洛的高級版滴！」

「別那樣講啦，黑塔洛太可憐了……」

被姊姊和團長講成這樣，黑塔洛實在可憐至極。

話雖如此，對他的憐憫先放在一旁，「鐵之牙」有追加人手是個好消息。方才想到要討論商量的場合，就設定成跟他們會合後吧。

對付「魔女教」的對策會議——恐怕，庫珥修陣營的威爾海姆他們也察覺到了。問題在昴的說明方式。

跟打白鯨的時候一樣，說明時不能觸及「死亡回歸」。

「可是，真是個難題耶……嗯？」

昴正煩惱時，面前已經可以看見萊卡群揚起的煙塵。照里卡德說的，他們是要跟這邊會合的「鐵之牙」集團。只是哪裡不太對勁。

「——」

腦袋一隅產生異樣感。昴凝神細看對面，然後注意到。

從正面逼近的萊卡群裡，有一隻特徵不同的影子混在其中。

隨著距離縮減，模糊的輪廓逐漸轉為清晰，昴才知道那個特徵是地龍本身才有的。

然後，跨在那隻藍色地龍上的是——

「——為什麼是你！」

「面對援軍，這種說法很過份呢。你還是老樣子。」

彼此都停下，騎著龍互相對峙。

對方禮貌地撫摸淡紫色頭髮。身著莊嚴的近衛騎士團的白色軍裝，嘴角悠哉上揚微笑的美男子。

——結下梁子的人物——由里烏斯・尤克歷烏斯姿態優雅，盯著昴看。

5

鼻子皺起來的帕特拉修，用銳利的眼神威嚇對面的藍色地龍。

昴邊摸牠的脖子，邊安慰心情相同的伙伴。

雖然交往時間短暫，但現在的昴和帕特拉修之間已經締結一同穿越生死的強大羈絆。

即使隔著韁繩，帕特拉修的想法也如實傳達給昴。

「打斷你的自我感覺良好很過意不去，但能否別再誘惑我的地龍？我這邊的地龍也是血統優秀，就算被誘惑也不會隨便過去的。」

「喂，帕特拉修！你這傢伙，竟然是在搭訕！我還以為你的心情跟我一樣，結果卻是背叛我!?在決一死戰之前不要發春啦！」

「那頭地龍沒小哥你說的那樣咧。出發前不就對你忠心耿耿了咩。而且小哥的地龍，是勾椎的母龍捏。」

「你是女的!?」

昴對騎龍的性別感到驚訝，而當事龍帕特拉修則是一臉困惑。

聽到這對話，由里烏斯聳肩。見他那樣，看來剛剛他講的是很難笑的笑話。昴對此想破口大罵，但在那之前——

「在這種地方會合喵，由里烏斯你的派頭可真大呀。幾個小時前我們可是在拼死拼活呢。」

「被你這樣講實在沒什麼面子。但可否容我訂正呢，菲莉絲。我不是由里烏斯這號人物。我呢……就自稱是由里吧。」

菲莉絲的輕蔑諷刺，被由里烏斯以認真表情開玩笑應對。

無意義的假名讓全員都翻白眼，但他卻用爽朗的微笑帶過這些視線。

「只是說假如，有名擁有騎士身份的人物加入被雇用的集團，而不是淪落為傭兵。由里烏斯・尤克歷烏斯這名騎士並沒有加入『鐵之牙』，在這的只是一名叫做由里的男子而已。」

「原來如此喵。還是一樣，名門望族家的騎士道麻煩透頂──。還好菲莉醬是沒落貴族～」

「我並不認為身為騎士很麻煩喔。雖說只是想幫助友人就得考慮很多是個問題沒錯。──說來多餘，由里烏斯・尤克歷烏斯所受的閉門反省處罰，在昨天晚上日期變換的時間點就解除了。這個要先聲明清楚。」

「打什麼無聊的預防針……那個假名是有意義嗎。」

豎起耳朵聽由里烏斯和菲莉絲的對話，咂嘴的昴惡言惡語。

別開視線，嘴唇往下彎的樣子給人耍脾氣的感覺，不過實際上確實如此，所以也沒什麼好辯解的。

聽到昴講這種話，由里烏斯突然看過來。他讓地龍前進，站在昴的正面，說：

「你比我想得還有精神，真是太好了。──身體狀況如何？」

「──哼！」

由里烏斯關心自己身體狀況的發言，在昴的腦子裡發出敲擊聲。

只覺得由里烏斯的問話是揶揄諷刺。對他來說是幾天前──對昴來說是將近兩週前的屈辱，但夠讓自己清晰憶起了。

以「牽制」這層含意來說效果十分顯著的發言，讓昴壓抑住已經衝到喉嚨的唾罵，封印住肝火。

咳嗽，深呼吸，做出淡然的表情，然後裝模作樣地撥起短短的瀏海。

「哦，還好啦，不就擦傷而已？塗個口水就好囉？你才是，以援軍身份出場不嫌太慢嗎？什麼？因為對外行人認真，所以忙著在寫報告和反省文給上面的人看？」

從閉門反省這個話題聯想，昴邊推敲裡頭的內情，邊用自己擅長的煽動攻擊出招。結果，由里烏斯表情變得有點心虛。

「雖然我不是說那個，而是指討伐魔獸的名譽負傷……不過那時候的傷似乎都康復了，真是太好了。畢竟原本就不是嚴重到像外觀一樣的傷勢。擅長博取同情的你，只是誇張裝痛倒地打滾啦。」

「哈哈哈哈哈哈！」

「呵呵呵呵呵！」

乾笑聲在兩人之間交錯，一觸即發的氣氛開始飄盪。

周圍是怎麼看待這狀況的呢？菲莉絲和里卡德覺得很有趣而徹底旁觀，咪咪為了找弟弟而跑去對面的傭兵團裡。

所以負起收拾現場責任的人必然會是——

「重溫舊情是很不錯，但現在不是這麼做的時候吧。」

站到前面，如此告誡的，是跨在地龍上的老劍士——威爾海姆。

他規勸相瞪的兩人後，用沉穩的藍眼睛看著由里烏斯。

「此時率援軍助陣，不勝感激。我方戰力已因與白鯨戰鬥大量耗損。……身為固執己見令眾人配合之身，實屬不安。」

「威爾海姆先生，才沒那麼回……」

聽到威爾海姆降低音調這麼說，昴連忙插嘴。

討伐白鯨對昴來說，是諸多破關條件裡頭的一道障壁。

裡頭確實存在昴獨善己身的意思，但威爾海姆從未做出讓人覺得是負擔的事。

無法說明一切令人著急，但至少只有這股內疚想要抹去。

但是，在昴說完之前。

「——您的表情變得很棒了呢，威爾海姆大人。」

由里烏斯平靜地這麼說。

威爾海姆那雙彷彿附身之物脫離的眼睛，讓由里烏斯感慨深遠地點頭道：

「跟以前相見時判若兩人。……萊因哈魯特也能稍微得到救贖吧。」

「是嗎。」

手貼下巴，威爾海姆低垂眼簾。

在那一瞬間的躊躇裡，有多少糾葛浮現在老人心中呢。

周圍看著他們互動的人們表情各異。同情，安心。知道內情的人多是這種反應，但只有唯一不知道狀況的昂被撇在一旁。

「對於那，我無法老實應對。明知那沒有過錯、沒有惡意，卻無法原諒。──有朝一日，我會遭受報應吧。」

「光是您會這麼想，想必他的心情便能舒暢許多。」

威爾海姆憋著苦楚的回答，卻得到由里烏斯的肯定。接著他緩緩地將如湖水般平穩的眼神朝向昂。

昂自然做好準備，等待剛剛的唇槍舌戰再起。

「得跟你道謝呢。」

「──啊？」

在忍不住出聲的昂面前，由里烏斯輕盈地下龍落地。然後仰望還騎在帕特拉修背上的昂，彎腰說：

「此次討伐白鯨，本來是王國騎士團必須完成的宿願。為各國長年放置不理的災厄打上休止符，實在是非常感謝。」

被他以流利的舉止表達謝意，直到剛剛都還只有憤恨之心的昂根本沒法反應。

「等一下、等一下。」結果，不知所措的昂身旁冒出菲莉絲插嘴。

「從頭到尾，討伐白鯨都是由卡爾斯騰公爵主導──是庫珥修大人的功勞，這點不要誤會囉。殺死白鯨的是威廉爺，這也很重要。」

「這我當然知道。他本身沒有討伐白鯨的力量，與他直接比劍過的我……由里烏斯曾提過。」

看來由里烏斯始終不願廢棄自己現在是傭兵由里這個設定。

「可是，」但是，他雖然接受菲莉絲的發言，卻又接著說。

「他的存在成了討伐白鯨的極大原動力，是毋庸置疑。這點，菲莉絲你也不得不認同吧？」

「喵！那是……對啦，是那樣沒錯喵。」

手指互頂的菲莉絲，結巴的同時音量小下來。

讓貓耳無法回嘴的由里烏斯，重新將視線投向昴。

「多虧了你，人們得以忘記膽怯霧的生活。——安娜塔西亞大人也會很開心的吧。」

「前半段我老實接受，但後半段就沒辦法。」

「還有，吾友長年的後悔也……得以迎接轉折點。」

閉上眼睛，由里烏斯嘆氣道。

他說的吾友指的就是紅髮英雄，雖然知道這點，但昴卻不清楚那個完美超人長年的後悔是什麼。

像他那樣的人物，都有讓他後悔的過去啊。

不管怎樣，昴不打算用扭曲的方式來接受剛剛的話。

威爾海姆的悲願達成值得欣喜，而自己多少有幫上忙，這點昴還算有自覺。

但即使如此，面對由里烏斯的稱讚，昴的內心還是五味雜陳。

「──────」

雖然逞強，但對上這美男子時內心的膽怯和畏縮的懦弱始終揮之不去。

就算跨越了懦弱，下一個等著自己的又是丟人現眼的反抗心和孩子脾氣。

不是沒有感謝援軍的心情，但對象是由里烏斯這點讓昴的心頑固抵抗。安娜塔西亞的安排讓昴在內心抱怨不已。

為了不讓負面情感表露在臉上而費了一番功夫，同時昴長長吐一口氣。

「所以結果，你想做什麼？你是來做什麼的？」

「──其實，已經做完了。」

「啊啊？」

沒有回應昴的問題，由里烏斯發出的只是感慨深遠的聲響。

在昴反問之前，他先搖頭說：

「沒有啦。你是知道才問的嗎？和安娜塔西亞大人是雇傭契約關係的『鐵之牙』，僅在討伐白鯨期間借給庫珥修大人……不，是借給你。」

「唉呀？是──這樣──嗎？可是，大小姐說的……」

「姊姊請安靜地聽。」

聽到由里烏斯的發言後咪咪打岔，但卻被身旁長相酷似的幼貓獸人阻撓。恐怕就是那個有能力的弟弟吧。

昴側目看他們的互動，同時為由里烏斯說的話皺眉。

「所以？你想說什麼？」

「事情很單純。白鯨討伐成功的時候，我等就沒有協助你的理由了。也就是任務解除。——然而你現在，卻要帶他們上哪去的樣子。」

「啊哈哈哈哈——！由里烏斯真的很健忘耶——。出發前大小姐講了很多不是嗎——。雖然咪咪也忘記了——」

「請安靜。」

幼貓姊弟的相聲叫人在意，不過昴總算是搞懂由里烏斯想說什麼了。也就是那個意思吧。

「是要『鐵之牙』撤退還是繼續支援，要我當場決定吧。」

「要賣個好價錢。我接到這樣的指示。還是說，不需要我等的力量？」

像炫耀一樣指指背後，由里烏斯逼迫昴做出決定。

話雖如此，現在可不是帶著焦躁心情做出輕率判斷的時候。

在這邊放任怒意趕走他們是很簡單，但那等於是在接下來要面臨剩下的最大障壁時，先削減自己戰力的愚蠢行為。

話雖如此，唯唯諾諾地承諾由里烏斯口中的「好價錢」也是問題。

開出空頭支票在談判中是壞棋，不僅如此，昴的判斷左右了許多人的性命，以及一名少女的未來。

「————」

在旁邊等候的威爾海姆他們沒有出嘴，只是靜靜看著沉默的昴。

假如昴在這裡請求幫助，他們在這場談判中就會以為「庫珥修陣營」賣命的形式，對他揭示雇用「鐵之牙」的對策吧。

不過，對他們來說，只是賣人情的對象換做他人。

就現狀而言，昴和庫珥修之間的人情債是一比一的對等狀態，老實說不是很想瓦解這個平衡。

「————」

接著看向里卡德率領的傭兵團，雙手抱胸的里卡德作壁上觀貌。咪咪也在旁邊學團長，雙手抱胸抖動耳朵。

想起里卡德方才對魔女教之戰興致勃勃的態度，就能理解了。

他看穿昴即將與由里烏斯談判，所以才適當地配合。

「骯髒。卡拉拉基人真的很髒……」

「不要看著偶的臉講那種話咩。先講清楚，偶也是不情願滴。所謂的掌握他人弱點就是會這樣咧。只是比起那個，是喜歡錢的問題……」

「你的掙扎也太快結束了！根本一開始就靠不住嘛！」

雖說只是形式上的老大，但昴沒打算求助隸屬於敵方的里卡德。

總而言之，在這樣令人不快的談判下，昴的答案也只剩下YES。

與人情借貸關係回到平手的庫珥修陣營不同，現在是安娜塔西亞單方面地在賣人情。雖是苦澀的決定，但除了忍氣吞聲外別無他法。

在這邊拒絕援軍，才叫蠢到極致的決定。

要是有能夠將與「鐵之牙」的契約直接導向魔女教之戰的魔法手段——

「魔法⋯魔法⋯⋯？在霧裡，和白鯨⋯⋯還有，在街道的契約⋯⋯」

追求對自己最有利手段的昴將突然想到的單字排在一起。乍看之下是毫無聯繫的單字排列，但些微的頭緒卻讓思考發熱。

模糊影像逐漸連結起來，在昴的腦海中形成一個答案。

然後——

「白鯨的討伐尚未結束⋯⋯怎麼樣？」

「——很有趣的發言。」

昴那聽起來帶著苦味的話，讓由里烏斯瞇起眼睛回應。

聽到昴的發言，他背後的「鐵之牙」不用說，連討伐隊的人們都動搖了。其中又以瞪大眼睛的威爾海姆最苛責昴的良心。

但是，和威爾海姆達成悲願的源由不同，這邊也有不能擱置不管的問題。那就是——

「白鯨，那隻魔獸很有可能是魔女教的走狗。我知道有個魔女教的傢伙說過類似的話。」

——那是在第三次的世界，也就是前一輪最後的場合吧。

在森林裡頭和貝特魯吉烏斯對峙，輸給狂人的「不可視之手」。之後，看到愛蜜莉雅的屍體被踹而被無力感給打垮的時候。

那時，狂人邊辱罵昴邊說溜嘴。

『——還用霧封鎖街道，就是為了不讓人妨礙我的愛！』

為什麼那傢伙會知道？

為什麼講得像是他自己幹的好事？

還有在嚴厲懲罰後，決定冰凍世界的終焉之獸說的話。

「一個了解內情的傢伙稱白鯨為『暴食』。那毫無疑問跟魔女教有關，因此那隻魔獸現身的原因應該跟我們的目的地有關係。」

貝特魯吉烏斯把白鯨叫到街道上，妨礙他人進出梅札斯領地。而目的當然就是為了他的瘋狂行徑。

也就是說，籠罩街道的白鯨之霧是為了攻擊宅邸——攻擊愛蜜莉雅所做的準備。

「我們已經滅了魔女教的威風，接下來必須跟他們做個了斷。不只這次的份，還包括這四百年來他們欠世界的債。這樣才叫終於討伐完白鯨吧。」

「——」

「雇主給報酬下命令你們就得工作吧。可別半途而廢了，傭兵。還是說，你們要付違約金夾著尾巴逃回去？」

強硬地說完，昴看由里烏斯怎麼出招。

內心為自己發言根據之薄弱感到心蕩神馳。但是，現在的昴才能夠大言不慚笑著捏造根據。收集散落在輪迴裡的情報，集結成束後才紡織出的推測。

至今也曾有過類似的經驗，但這次的推測可信度格外薄弱。畢竟最關鍵部分的情報，是在自己意識不清醒的時候聽到的內容。

接合以後看起來還算像樣，可是能不能說服人就不知道了。

就算不行，至少可以當作繼續談判的開端——

「呼嗯，好歹可以給個及格。」

「啥？」

「既然可以稍微讓我們的名聲聽起來響亮點，那大致就按照你的主張去做吧。這樣安娜塔西亞大人也不會顏面掃地。」

「等、等一下！」

太過明辨是非的回答，反而讓昴連聲喊停。可是，由里烏斯淡淡地凝視慌張的昴，說：

「怎麼了？用不著擔心，『鐵之牙』會繼續協助你。報酬就如你說的，已經由安娜塔西亞大人支付了。還有什麼問題嗎？」

「怎麼那麼爽快……應該說，是怎樣，這麼懂事好講話！你……！」

正要說出的話，讓昴注意到自己極度厭惡的部分。

關心愛蜜莉雅陣營的狀況，由里烏斯配合昴的幼稚言論答應出力。而他這份體貼，是昴不想去注意的地方。

對昴來說，他希望由里烏斯是個永遠無法互相理解的討人厭傢伙。

——結果被迫察覺到自己這麼祈求的卑劣心情。

「對，沒報酬誰要做事咩。腦袋差的傻瓜敲一次竹槓就沒咧，聰明的對象就有很多次機會囉。」

「結果最後會被敲竹槓這點沒變啊……」

里卡德插嘴，昴慶幸並搭話。像這樣老是逃向輕鬆方向的自己，也叫人厭惡。

混合昴的自我嫌惡和對他人的嫌惡，形勢單方面變得險惡。

但是，昴也是懂的。老早以前就懂了。

「是我、不好。……混帳，抱歉。啊啊，可惡，我不想說這種話啦。我也知道，我那個時候……」

手貼著額頭，試圖說出理性答案的昴煩悶不已。

可是，怎麼也找不到適合的字句，即使腦袋理解。

帶來援軍，還表示要參戰。這邊應該要感謝由里烏斯才對。

以前確實跟他有過節，但那是昴的急躁引起的結果，如今可以冷靜回顧過往，就很清楚是哪一邊錯了。

以及那個時候，為什麼由里烏斯要做那種事——

「——」

聽著昴結結巴巴的話，由里烏斯什麼都沒說。

他應該知道昴想說什麼吧，他應該可以搶先昴一步說出答案的。

但是他沒那麼做，而沒那麼做的他讓昴恨得牙癢癢。要是能就這樣恨他恨到天荒地老該有多好。

「是我、不對。對不起，我跟你……道歉。」

昴用低沉、擠出來的聲音，說出這句話。

對昴來說是連回想都厭惡的記憶，但身在為了有朝一日能揮別這過去而必須正視的場合，面對著有朝一日必須做出了結的對象，他這麼說。

聽了這番謝罪的話後，由里烏斯閉上眼睛，然後慢慢點頭。

「我才是，要為自己的無禮道歉。那時候的言行，雖然沒法全部撤回，但只有侮辱你這點，我打從心底致歉。」

由里烏斯就這樣回應昴的歉意。

他的話中洋溢真摯，直接到昴知道累積在心頭的嫌惡感情被溶解。

因為知道，所以昴也下龍，和眼前的「騎士」站在同樣的地面上，以相同高度與他正面相對。

黃色瞳孔裡映照著自己，昴自己的黑色瞳孔映照著騎士。

「抱歉。不過，」

「嗯。」

「我還是最討厭你了。——雖然覺得抱歉，雖然感謝你現在來幫忙，但我還是最討厭你了。真的、打從心底、十二萬分的討、厭、你！」

最後面甚至一個字一個字念，而且每講一個字，腦袋就左右搖晃又粗魯地放話。

而被他這樣正面丟出敵視的由里烏斯則是目瞪口呆。

然後表情突然瓦解。

「那就好。反正我也沒打算和你當朋友。」

說完，又撥起頭髮燦笑，做出招牌的惹人厭舉動。

6

「啊～老實說，像這樣擔任會議主角我很不擅長，被人用認真眼神盯著看的話，我會害羞的……」

五十人圍坐成一圈，站在中央的昴一臉不知所措地說。

地點在魯法斯街道，時間是黎明前，與會者是討伐隊全體。

成功克服白鯨戰的團體，與由里烏斯率領的「鐵之牙」援軍會合。儘管人數增加，但也到了共享目的和情報的時候。

為此，提議先整理一下彼此的情報的人就是昴，但——

「我壓根兒沒想到要站在大家的正中央……」

以由里烏斯、菲莉絲、里卡德和威爾海姆這些面孔為首，被這些身經百戰的士兵包圍，昴只能膽怯。

在原本的世界就因為和人應對的能力低下而煩惱。當然不可能會有站在大家面前的經驗，也有自覺自己的個性不適合站在別人上頭。

但是，他們卻朝這麼膽怯的昴投以一定信任的目光，昴也不討厭這樣，只是覺得傷腦筋。

「總而言之，總結一下吧。呃，接下來我們將前往梅札斯領地……應該說是羅茲瓦爾宅邸。恐怕，不，是魔女教一定會在那出現。」

「魔女教啊……」

一出現魔女教這字眼，大家的表情各自產生複雜的情感。

按照之前的對話走向，與會者應該很多人已經做好相對應的覺悟，但知道實際對手是誰後，感覺的方式也會改變。

知道。

在這個世界，魔女教是以什麼樣的形式被眾所皆知，而他們又是怎樣接受其存在，昴完全不知道。

「對我來說，只能用最壞來形容。」

而從大家的反應來看，這應該是共同認知。

「昴。你是怎麼察覺到白鯨與魔女教的關係的？」

直呼名字沒有加任何稱呼的人是由里烏斯。

方才互相表明真心話之後，由里烏斯的態度變得格外平易近人。老實說，對這樣的變化感到很複雜，但現在先以回答這問題為優先。

「說來可恨，我有偶遇魔女教徒的經驗。不能說平安無事以外，還增加了滿滿的厭惡回憶……不過裡頭有個多嘴的傢伙。」

「這樣啊。……騎士團的推測沒有錯呢。」

「真的捏。威廉爺追查的資料，也是推導出這樣的結論。」

「你們都知道？」

昴的話由里烏斯能夠理解，而且菲莉絲也點頭同意。他們的態度讓昴大吃一驚，但威爾海姆緩緩搖頭。

「會察覺到關連性完全是偶然。白鯨的出現分布圖，和有魔女教活動的紀錄吻合的地方多到不自然。——但不能說是確切的證據。」

「對威廉爺來說白鯨才是目標，魔女教只是附加的。不過菲莉醬一開始聽到時也半信半疑啦。」

「騎士團裡也有出現類似的看法。但是不脫流言蜚語之類，都停留在笑話的次元。」

由里烏斯聳肩，威爾海姆嘆氣道：「很正常。」聽著他們的對話，昴粗魯地抓頭。

「總而言之，心裡有底的你們相信我的話對我來說是很幸運。不管怎樣，相信魔女教的人說的話……這種事會大幅降低信賴感，但白鯨跟那些傢伙有關是千真萬確。原本魔獸就是魔女創造出來的吧？」

「傳說是這樣，但魔獸的存在及起源都沒人知道。有的像普通生物會繁殖，也有的像白鯨那樣突然出現。不過，像白鯨那樣的例外，基本上就只有『黑蛇』和『大兔』而已。」

「總覺得出現了不能聽漏的單字，但是蠻恐怖的，所以會議就先繼續進行囉？」

看大家點頭沒有異議，昴咳嗽清嗓後推動話題。

魔女教在暗中搞鬼，以此為開場白後，下一件必須讓所有人知道的事就是……

「魔女教的目標是愛蜜莉雅，但他們不只宅邸，連附近的村莊都打算燒毀。所以說必須趕走那票傢伙。」

「趕走。昴啾你啊，講的話太天真囉——」

菲莉絲眼波流轉看著昴，語帶深意並拉長尾音。

妖豔的舉動讓背脊打寒顫。只不過，對方是男的。

「太天真是怎樣？」

「那些傢伙，全部宰了不就好了喵。從以前的紀錄來看，那樣做才是對他們的正確處置法吧？」

「————」

聽到菲莉絲提議殺光他們，昴驚訝到張開嘴巴。不是因為他的偏激發言而震驚，而是被做出天真發言的自己給嚇到。

殺光他們！他們是該死的害蟲！明明曾經在腦海反覆這麼想，現在卻說出天真至極的話，這種心境轉變才叫人驚訝。

一定是因為應該以「什麼」為優先的想法，最終在自己心中改變了吧。

「只要能保護宅邸和村民就好。看是要趕走還是驅逐，或是揍飛砸爛，又或者痛宰、扭斷磨碎燒毀……」

「知、知道了。我們非常理解你對他們的憤怒了。」

「——啊！糟糕。不對，不是的。我並不是因為滿懷怒意和憎恨才決定要開戰的。說我接近愛蜜莉雅醬的理由是為了報復根本是瞎猜！」

「又沒人說那種話喵!?」

講著講著怒火再度燃燒起來，結果就是被由里烏斯和菲莉絲勸說要息怒。可是不需要粉飾這點算是一大收穫。

在以前的輪迴昴的動機會被懷疑，但這次卻沒人起疑。是哪邊不同呢？昴歪頭疑惑。

「用那麼犧牲自己的作戰法擊落白鯨，事到如今有誰會那樣瞎猜啦喵？昴啾意外的不相信人耶。」

「才沒有不相信人咧……」

畢竟，曾被這麼說的菲莉絲和庫珥修懷疑過。

但是，現在哈哈笑的他絲毫沒有隱藏懷疑的樣子。這也是因為昴的意志和行動改變而產生的變化嗎。

「不管怎樣，魔女教出動這點是毋庸置疑。從他們的教義和活動來看，愛蜜莉雅大人在王選報上姓名時就可以預想得到。」

撇開昴的內心不管，由里烏斯的觀點得到在場全員的認同。那心領神會的反應，讓昴終於道出總是錯過發問機會的疑問。

「我想問一下，愛蜜莉雅的名字出現魔女教就會出動，這個觀點是從何來的？大家都馬上接受實在很神奇……不過魔女教內部不是有很多地方都沒人清楚明瞭嗎？」

「才想說你知道魔女教會出動，結果卻講這種話？」

昴的問題讓菲莉絲愣住，然後撫摸貓耳。

原本以為會被嘲笑無知，所以昴也不在意。

「唉喲，沒時間了。就正常地講一下嘛。所以，到底是為什麼？」

「不知道的人負責統率反而奇怪吧？……被魔女教極度重視、信奉的『嫉妒魔女』莎緹拉。這個你知道吧？」

「還好。老實說，之前只知道皮毛，頂多就看過圖畫書的程度。」

「親眼看過魔女教的人幾乎都不在咧，所以很正常唄。偶也只是聽說。反正，知道魔女教徒信仰那個莎緹拉就行咧。還有，那個叫莎緹拉的魔女是半妖精喲？」

「這個我也知道。」

昴所看過的圖畫書裡沒寫到這個情報，但是在聽碧翠絲講「嫉妒魔女」時曾經聽過。還有即使在王都，愛蜜莉雅的容貌和出身也頻繁地被拿來跟「嫉妒魔女」比較，每每都炒熱話題。

那不是她應該被責備的地方。昴每次都為此而憤慨。

「愛蜜莉雅的…外貌特徵和魔女很像吧？可是，那不構成責備她的理由。根本就搞錯憎恨的對象了。」

「大部分的傢伙不這麼想唄。莎緹拉的所作所為姑且不論。回到魔女教的話題……很簡單，因為那些傢伙覺得半妖精的存在很礙事囉。」

「啥？」

昴的喉嚨不自覺發出莫名其妙的聲響。但是，周圍的反應卻不覺得里卡德的話有什麼特別的。也就是說，這是一般人的共同認知。

「為什麼？一般來想……是不知道那些傢伙平常在想什麼，可是一般來說，去迫害跟最景仰的魔女同為半妖精的人，這實在……」

「正因為他們信仰虔誠，認定那是唯一存在，所以才不容許相同卻又不一樣的存在吧。雖然像但不一樣，就只是假貨。——對他們來說。」

那聲音極度冰冷，還灌注冷徹心扉的殺意。

愣了一下，昴立刻看向發出這聲音的人物的方向。而那個人也正看著昴，兩人的視線纏繞在一起。

昴被簡直就像要把自己的內在看透的視線嚇到退縮。而那個人……

「剛剛的喵——只是菲莉醬推測的喲？」

他立刻變化表情還吐舌頭，裝作剛剛的氣氛不存在。

幾近驟變的態度變化讓昴接不下去，但菲莉絲卻佯裝不知他的驚愕，身子前傾說：

「魔女教的傢伙腦袋有問題又不是現在才開始，那種事怎～樣都無所謂吧？問題在狙擊愛蜜莉雅大人的魔女教，是由哪一個在主導。」

「是說大罪司教唄。」

「——!?你知道這稱號？」

菲莉絲改變話題，里卡德同意，而這邊出現的單字讓昴緊咬不放。

大罪司教——那是貝特魯吉烏斯報上名號時的頭銜，不僅如此他還稱自己掌管「怠惰」。

「魔女教的大罪司教很有名嗎？」

「在那夥人之中，算是有名滴。以前，在『嫉妒魔女』大肆活躍前，除了莎緹拉以外不是還有其他魔女咩。」

「傲慢，憤怒，怠惰，強欲，暴食，色欲。——冠以大罪之名的六名魔女，據說每個都被接受嫉妒之名的莎緹拉給吞噬。」

冠以大罪之名的魔女——這以前也曾在哪聽過。

說到這世界的魔女，本來以為就是嫉妒魔女莎緹拉，沒想到竟然還曾經有冠以其他大罪之名的魔女。

「只是，魔女教的幹部……不知道這樣說對不對，聽說幹部就是取代那些死去的魔女，自稱那些大罪之名。嫉妒是他們信奉的莎緹拉的象徵。也就是說，除此之外——會有六個大罪司教。」

「六個……」

聽了由里烏斯的說明，昴對魔女教的深不可測倒抽一口氣。

貝特魯吉烏斯自稱是「怠惰」時，就可以猜想到會有人負責其他大罪。說到七大罪，對昴來說就是小眾文化還有充滿熟悉中二要素的經典字詞。話雖如此，聽到這單字會這麼激動，是因為親身體驗過的「怠惰」的印象實在是惡劣至極。

——而那樣的人，還有五個。

「不過，應該是『暴食』的白鯨已經被我們打倒。其他大罪司教接下來應該也會到梅札斯領地露臉。這是一口氣打倒魔女教的機會。」

「唉喲，好豪邁～。不過，擊潰來歷不明的魔女教的機會這點菲莉醬也同意。他們的同伴，光是在露格尼卡，所作所為都相當瞧不起人啊。」

「白鯨也一樣，危害整個世界。還曾讓騎士團長飽嚐長久辛酸。除了我以外的眾多騎士，也對這難得的機會很感激吧。」

菲莉絲和由里烏斯都贊同昴的意見，里卡德也露出好戰的笑容，威爾海姆只是肅穆地點頭回應。

既然取得共識，昴就以現在的戰力，以及所擁有的未來情報擬定作戰方針。——不過策略本身極度簡單，佈局也都已經準備好。

「原本最差的情況，是得用方才討伐隊的一半人數來執行作戰，不過多虧和由里烏斯你們會合，所以人數上的不安已經消失。我認為可行。」

「我想訂正一件事，就是我的名字是由里。確實是跟尤克歷烏斯家的長子很親近，但還請多留意這點。」

「那個設定在公眾場合以外都只是個麻煩！話題都沒進展啦！」

「平常就多留意，關鍵時候就不會出現破綻，這是秘訣喔。」

「既然說出平常多留意這種話，那就不要做近衛騎士的打扮呀！入戲程度太低啦!!」

怒吼隱藏身份的工作做得太隨便的由里烏斯後，喘氣的昴環視大家的臉，然後咳了一下。

「那麼，接下來就開始簡單說明連猴子都能懂的——獵殺魔女教作戰。」

扭曲臉頰笑得像個壞蛋的昴，披露作戰法。

月亮西斜，曙光乍現魯法斯平原。

——此次輪迴的最後一天清晨，靜悄悄地開始。

《完》

後記

嗨，大家好！你們好，我是長月達平，對一部份的人來說是鼠色貓。

這次也很感謝您陪伴Ｒｅ：Ｚｅｒｏ！故事終於來到第七集，集數越來越多了呢。要是作者也能不輸給作品中的人物，日日成長的話就好了。這種發言與其說是成長，更像是老了。

那麼，這次要報告一件非常重大的事和表達感激。

我想已經有人知道了，就是這部作品《Ｒｅ：從零開始的異世界生活》決定要做成動畫在電視上播放了！

這也是多虧了大家的聲援。真的、真的非常感謝！

已經在後記寫過很多次，這個故事原本是在網站「成為小說家吧」開始連載的網路小說。投稿開始距今已經超過三年，承蒙許多讀者閱讀而得以化為實體書籍的事，簡直就像昨天才剛發生，但實際上已經是超過兩年的歲月了。不過從那時開始，忙碌到真的眼睛打轉的日子持續到了現在。

作品目前能夠變成本傳七集和外傳兩集，真的要獻上大大的感謝。

在這樣的日子裡，還出現要推出動畫版的事蹟，能夠向各位報告這件事的我真的喜不自禁、感激不已。

實在是非常感謝。

不過，動畫版的故事並非到了結局，作品本身還在持續。裡頭的角色們的故事都還在半途，作者本身也還沒滿足到要停筆，今後也會踩滿油門繼續努力。因此閱讀本作的讀者大人若能和我一起走下去的話，是我的幸運。以動畫為契機，讓更多人知道這部作品，我想把這當成繼續書寫有趣故事的活力，所以今後還請多多指教！

好啦，因為繼續奔放下去的話篇幅會不夠，所以先來致謝。

首先，是責編I大人。從Re：Zero開始推出實體書到現在，沒有I大人的協助就不可能達成。真的是先給零再開始，謝謝您。

擔綱插圖的大塚老師。要給角色們的魅力賦予最大程度的色彩和形體，沒有大塚老師的畫力根本不可能達成。這次也要謝謝您的封面圖和充滿危險能量的插圖！接下來，我很期待大塚老師畫的角色動起來！

設計師草野老師，也謝謝您的關照。封面和標題LOGO不用說，Re：Zero相關的諸多場合也都要謝謝您！今後，總而言之，也請大力多多指教！

然後是漫畫版的マツセダイチ老師和楓月誠老師，承蒙兩位描繪出可愛、有時讓人痛心的Re：Zero世界。最近收到的感想有蠻多是從漫畫接觸再來看小說的人，真是太感佩兩位了！謝謝你們。

其他還有MF文庫J編輯部、行銷人員、校閱人員以及書店的工作人員，總是受到這麼多人關照。實在是非常感謝。

還有在最後，要向總是閱讀本作、以溫暖聲援給予作者力量的眾多讀者們最大等級的感謝。今後也請多多指教。

那麼，下一集再相會！

2015年8月　長月達平《動畫化發表後一個月、興奮狀態尚未冷卻》

怪物(?)設定公開!!

圖&文
大塚真一

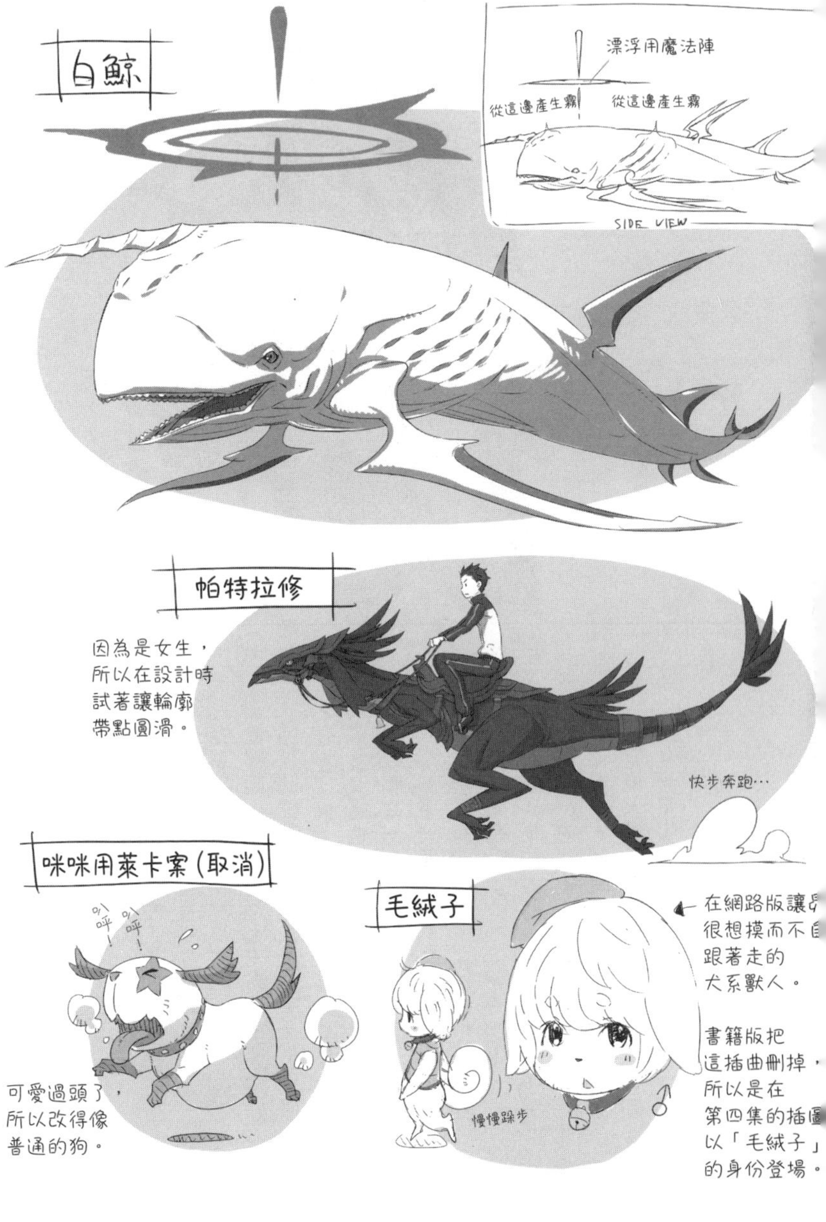
白鯨
漂浮用魔法陣
從這邊產生霧
從這邊產生霧
SIDE VIEW
帕特拉修
因為是女生，
所以在設計時
試著讓輪廓
帶點圓滑。
快步奔跑…
咪咪用萊卡案(取消)
叫呼!
叫呼!
可愛過頭了，
所以改得像
普通的狗。
毛絨子
慢慢跺步
在網路版讓
很想摸而不
跟著走的
犬系獸人。
書籍版把
這插曲刪掉，
所以是在
第四集的插
以「毛絨子」
的身份登場。

「雖說大致知道這一集的核心人物，但是由我和威爾海姆先生一同做下回預告，該說太過新鮮還是緊張呢？」

「您太謙虛了。與昴殿下不同，我是這方面的門外漢。萬事皆遵從昴殿下的指示，因此還請別客氣儘管吩咐。」

「嗚喔喔嗚，這實在是太不敢當了！好好好，這種時候就進入通知吧！大發表，什什、什麼！Re：Zero確定要推出電視動畫版!!這個發表由我和威爾海姆先生來主持好嗎!?」

「這是昴殿下一路走來的足跡，吸引諸多人士的關心而有的結果。在下簡直感同身受，胸口熱了起來……」

「但是一路走來的足跡，裡頭也有很多丟人現眼的部分啊……！」

「這沒什麼，年輕時任誰都會有丟臉的事蹟。決定要出動畫版雖然也叫人高興，但其中還有漫畫版預定要發售。」

「啊，是的，沒錯。在月刊BIG GANGAN大受好評連載中的第二章、宅邸篇的第二集將在十二月發行！同樣的，在月刊Comic Alive連載的第三章，有威爾海姆先生登場的內容，其第一集將在十二月發行！」

「原來如此，萬萬沒想到兩邊都同樣在十二月發售。兩本一起購買是最妥善……嗯？昴殿下，這是……」

「你說過了吧，威爾海姆先生。任誰年輕時都會有丟臉的事蹟。」

「確實，嗯，我是說過。」

「就是這樣，時間大約在本傳的四十年前——！在王國發生的大規模內戰，描寫『亞人戰爭』時代的外傳《劍鬼戀歌》也決定要發行了！也是在十二月！」

「外傳小說，和漫畫版第二章和第三章將同時發售。雖是年輕時的不成熟醜態，但有興趣之人還請捧讀。」

「哦哦！在最後已經老練到很專業了！真要做的話我們還是辦得到的嘛！」

※編按：以上均為２０１５年的日版發行時間

東京聖塔 1

CW NOVELS CHING WIN 青文文庫

作者：**雨野智晴**　插畫：**富岡二郎**

Tokyo Ziggurat

東京聖塔——那是一座突然出現在東京都新宿區，能夠達成破關者任何願望，超出人類智慧，猶如RPG一般的世界。雖然有著許許多多的塔霸士向聖塔挑戰，然而內部的生存率僅僅只有10%，至今尚未有任何人稱霸此處。而今一名少年踏入了聖塔的大門。千疊敷一護，為了拯救罹患致死的怪病・石化病而剩下兩年生命的妹妹一衣，決定向聖塔挑戰，但他的能力值卻屬於挑戰者之中的最弱階級。不僅如此，據說無論取得了多麼強大的裝備，想要突破聖塔最少也得花上10年的時間。然而，為了距離死亡的時限已被決定的妹妹，他取得了某項最強的技能，不過……？將喪失的未來、以及因果的真理給扭曲吧——以最頂端作為目標，赤裸裸的劍刃武打作品！

青文出版集團網頁：http://www.ching-win.com.tw

日本KADOKAWA CORPORATION正式授權繁體中文版

不潔聖者的神代之詩 1

作者：新見聖
Niimi Hijiri

插畫：minoa

費加洛魔皇國獲得了上天賜予的無敵兵器「輅機」，並企圖倚靠它的力量征服世界。祖國因為該國強大武力而潰滅的亡國王子，西琉‧瑟古亞。儘管他為了抵禦魔皇國的侵略而站上最前線，不過一切的功績卻不受到承認，過著懷才不遇的日子。西琉的心中燃燒著名為復仇火焰，而看穿他野心的人，則是被人稱為「聖女」的義妹艾特菈。「來吧，義兄大人，讓我們一起走向這個短暫的未來吧。」

——期待著為這場復仇帶來幸福與災厄的這對兄妹，當她們一起詠唱「神代之詩」的時候，通往絕望的背叛之門也隨之開啟。告知新時代的揭幕的復仇傳奇正式降臨！

家裡蹲萬魔殿 2

作者：壱日千次
Ichinichi Senji

插畫：うすめ四郎
Usume Shirou

弄清楚撒旦的真面目其實是日高見家死去的長女・聖歌之後，春太他們再度開始了一家三口的生活。在這樣的日子裡，擔心脫離家裡蹲並開始上學的乾妹妹・久遠會不會在班上受到孤立，春太收到了久遠傳來的SOS『空中信』。當他慌張地趕到一年級教室，卻得知班上的帥哥・雷火為了對久遠告白而將她帶到屋頂上。『我好像會被×××（＞＜）』。儘管春太對久遠離題的SOS做出吐槽，但他的心情依然感到焦急。面對這樣的他，雷火提出了賭上久遠決鬥的要求。在這種情況下，要是又扯上聖歌她們這群惡魔的話，事態肯定會朝奇怪的方向發展——令人捧腹大笑的溫馨爆笑戀愛喜劇，眾所期待的第2彈登場！

青文出版社　網址：www.ching-win.com.tw

少女與戰車 3

作者：ひびき遊　原作：GIRLS und PANZER製作委員會
Yu Hibiki

我的名字叫做武部沙織，今年16歲，是大洗女子學園2年級學生。終於終於～來到決戰了！對手是美穗穗的姊姊，同時也是西住流戰車道繼承人之一的西住真穗領軍的黑森峰女子學園！我們的戰車只有八台，可是對方卻有二十台！再說那些大得不像話的戰車是什麼玩意啊!?真不愧是實力堅強的學校……但是我們也是賭上學校的存亡而戰，所以才不會輸呢！美穗穗的戰車道絕對沒有錯──

各自懷著不安、期待和覺悟度過的決勝前一晚過後，上演精彩總決賽的故事完結篇轟然登場！

Illustration：Fumikane Shimada / Shin Kyogoku
Edit by MEDIA FACTORY
青文出版社　網址：www.ching-win.com.tw

Re:從零開始的異世界生活 7

原書名：Re:ゼロから始める異世界生活 7

作者：長月達平
插畫：大塚真一郎
譯者：黃盈琪

2016年10月25日　初版一刷發行

發行人：黃詠雪
總編輯：洪宗賢　　副總編輯：王筱雲
責任編輯：黃小如　責任美編：廖珮伊

國際版權：劉瀞月

出版者：青文出版社股份有限公司
住　址：10442台北市長安東路一段36號3樓
電　話：（02）2541-4234
傳　真：（02）2541-4080
網　址：www.ching-win.com.tw

法律顧問：敦維法律事務所 郭睦萱律師

製　版：嘉陽印刷事業有限公司
印　刷：立言彩色印刷有限公司

國家圖書館出版品預行編目資料

Re：從零開始的異世界生活 / 長月達平作；黃盈琪翻譯.
-- 初版. -- 臺北市：青文, 2016.04-
冊；　公分

譯自：Re：ゼロから始める異世界生活
ISBN 978-986-356-342-6(第5冊：平裝). --
ISBN 978-986-356-358-7(第6冊：平裝). --
ISBN 978-986-356-376-1(第7冊：平裝)

861.57　　105003289

親愛的讀者：

感謝您購買青文出版社的輕小說！為了提供更優質的服務，我們期待收到您的意見。煩請詳填本資料卡，傳真至02-2541-4080或彌封並貼妥郵票後擲入郵筒寄出，您將有機會獲 得青文『最新出版的輕小說』以及新書出版資訊喔！

姓名：＿＿＿＿＿＿＿＿ 性別：☐ 男 ☐ 女

年齡：☐ 18歲以下 ☐ 19～25歲 ☐ 26～35歲 ☐ 36歲以上

電話：＿＿＿＿＿＿＿＿ 手機：＿＿＿＿＿＿＿＿

地址：＿＿＿＿＿＿＿＿

E-mail：＿＿＿＿＿＿＿＿

職業：☐ 學生 ☐ 公務員 ☐ 教育 ☐ 傳播 ☐ 出版 ☐ 服務 ☐ 軍警 ☐ 金融 ☐ 貿易
☐ 設計 ☐ 科技 ☐ 自由 ☐ 其他 ＿＿＿＿＿＿＿＿

喜愛的書籍類型：（可複選）

☐ 奇幻冒險 ☐ 犯罪推理 ☐ 電玩小說 ☐ 純愛系列 ☐ 動漫畫改編 ☐ 電影原著改編
☐ 歷史 ☐ 科幻 ☐ BL ☐ GL ☐ 其他：＿＿＿＿＿＿＿＿

購買書名：＿＿＿＿＿＿＿＿

購自：☐ 書店，在＿＿＿＿縣/市 ☐ 漫畫店，在＿＿＿＿縣/市
☐ 青文網路書店 ☐ 網路 ☐ 劃撥 ☐ 其他：＿＿＿＿＿＿＿＿

從何處得知此輕小說？

☐ 青文網路書店 ☐ 青文輕小說blog ☐ 網路 ☐ 店頭海報 ☐ 在書店看到 ☐ 書展/漫博會
☐ 報章雜誌（報紙/雜誌名稱：＿＿＿＿＿＿＿＿）
☐ 朋友推薦 ☐ 其他：＿＿＿＿＿＿＿＿

為何購買此書？（可複選）

☐ 喜愛作者 ☐ 喜愛插畫家 ☐ 喜愛此系列書籍 ☐ 買過日文版 ☐ 看過內容簡介而產生興趣
☐ 贈品活動 ☐ 朋友推薦 ☐ 其他：＿＿＿＿＿＿＿＿

對本書的意見：

封面設計：☐ 優良 ☐ 普通 ☐ 不好 翻譯品質：☐ 優良 ☐ 普通 ☐ 不好
小說內容：☐ 優良 ☐ 普通 ☐ 不好 整體質感：☐ 優良 ☐ 普通 ☐ 不好
內容編排：☐ 優良 ☐ 普通 ☐ 不好

讀者服務信箱：mk@ching-win.com.tw
青文網路書店：http://www.ching-win.com.tw

3.5元郵票

10442
台北市長安東路一段36號3樓

青文出版社
CHING WIN PUBLISHING CO.,LTD

輕小説編輯部 收

意見或感想：

若有任何問題請至青文網路書店發問

青文網路書店：http://www.ching-win.com.tw

★請用膠帶黏貼後投入郵筒內（請勿用釘書機、膠水或將回函完全封死、黏死）